日本の作家を読む

精神科医の私的体験記

安田素次
YASUDA Motoji

文芸社

目次

はじめに

本エッセイ集は還暦を迎えるにあたってのふとした体験がきっかけとなって書き始めたものである。

当時私は、今はなくなったさる市立精神科病院の院長をしていた。これからの公的精神科医療は総合病院精神科中心でなければと、同じ市内の総合病院にその病院を統合すべく邁進していた。準備にあたって、統合に際しての諸問題の検討会が相手先の病院内で行われた。その際、整形外科のある医師から、自殺企図患者の骨折の治療で本来の仕事が奪われてはかなわないとの意見がでた。とっさに「彼らは自分がしたくてしているのではない。三島由紀夫のような自殺のエリートは稀である」との主張に及んだ。言ってしまってから三島由紀夫の作品はほとんど読んではおらず、自分には彼について何の知識もなかったことに羞恥の念が生じた。

これを機会に彼の作品を読み直すことにした。たまたま前立腺がんの手術という入院の機会があったことも後押しした。その時の体験を北海道大学医学部精神医学教室同門会誌に投稿したことがきっかけとなり、日本の文豪の作品を次々と読むこと、そして作家の人生と作品を自分の個人的な体験と結び付けて語りたくなった。毎年一人の作家をとりあげるということで、この同門会誌に投稿してシリーズとなったものが本書である。

各年度にそれぞれの作家の経歴と作品を探った。精神医学には病跡学（傑出した人物の異常な性格特徴あるいは精神病理学的にみて興味ある精神生活の側面を調べ、それがその人の生涯と、その創造物に対してどのような意義を持つか明らかにしようとする伝記の一形式）という分野がある。ただそこでは、ともすれば精神科医からの作家の病的側面への上から目線の診断にとどまり、芸術家としての評価は無視される一面を感ぜざるを得なかった。むしろ私的読書体験から入ったエッセイ形式の方が、それぞれの作家の人間像と作品との関係が生き生きと見えてくるのではと思うに至った。したがって精神科医が病跡をたどることによる分析はあくまでも補足的にとどめ、時に中心に添えなかった。その点では読者の期待に沿えない部分があるかと思われる。ここにお詫びを言い添えておく。

三島由紀夫

一年後の市立札幌病院精神科病棟開設を控えて、「期待される新病棟の役割と機能」というテーマで院内研修会が開催された。救命救急センター医師からの自殺予防の意義についての発表もあり、討論の場に入ると、整形外科のある医師から、「自殺企図患者の骨折の治療が増えるのはかなわない。死にたいという人に何で我々の貴重なエネルギーを費やす必要がある」という率直な意見が出た。ここは啓蒙と理解への格好の機会と「自殺者のほとんどは死にたいと思って企図するのではなく、追い詰められてするのです」……まるで学生に諭すような説明を加えた。なお怪訝(けげん)そうな彼の表情を見て、さらに会場全体に追い打ちをかけるべく、「三島由紀夫のような用意周到、確信犯的、自殺のエリートはまず存在しない」と付け加えた。一瞬水を打ったようになったその会場に立つ自分の背中に一抹の羞恥が走った。彼の作品はその時までほとんど読んではいなかった。文体の饒舌な豊穣(too many notes と言うべきか)を敬遠してきたむきもある。

三カ月後、はたしてその時が突如やって来た。場所は北海道がんセンター泌尿器科病棟。前立腺がんの手術を受けた直後の自分の仕事はひたすら尿取りパッドを三十分毎に取り替えることだった。それでいて術後の病理所見は二週間後まで待たなければならないという。もしリンパ節転移があれば、放射線治療かホルモン療法かとあれこれ考える。それに骨折の既往もないのに右膝関節にガリウムの集積が指摘されている。まるで未決囚の気分で、判決までが異常に長い日々に感じられた。そんな時だった。普段ならさらさらあの修辞的表現になじむことのない自分が三島由紀夫の作品を読もうと思い立ったのは。

『仮面の告白』『禁色』『金閣寺』『豊饒の海』と読み進むうちに、登場人物名が変わるが、共通したあるテーマが繰り返されることに気がついた。若い主人公が絶えず同世代の異性に対して臆病で、傷つくまいと必死な努力を重ねるうちに、一方でまるでフラッシュバックに耐えかねるように敵意を増してゆく構図である。『仮面の告白』の主人公「私」のためらいは十六年後の『豊饒の海』第一巻「春の雪」の主人公「松枝清顕」のそれとまったたく変わらない。恋愛ができない男の言い訳を繰り返している。

『仮面の告白』での別れ際の園子との会話は以下である。

「おかしなことをうかがふけれど、あなたはもうでせう。もう勿論あのことはご存じの方でせう」「うん、知ってますね。残念ながら」「いつごろ」「去年の春」「どなた？」「どなたと？」「きかないで」《余り露骨な哀訴の調子が言外にきかれたものか、彼女は一瞬おどろいたように黙った。顔から血の気の引いてゆくのを気取られぬように、あらん限りの努力を私は払っていた》。この屈辱は『金閣寺』では「こうして又しても私は、乳房を懐に蔵う女の、冷め果てた蔑みの眼差しにあった。玄関まで送って来た女は、私のうしろに音高くその格子戸を閉めた。」になる。不信に満ちた相手からの詰問は「春の雪」の聡子とのやりとりでも繰り返される。

「子供よ！　清様は。何ひとつおわかりにならない。わかろうとなさらない。私がもっと遠慮なしに、何もかも教えてあげればよかったのだわ。ご自分を大層なものに思っていらしても、清様はまだまだの赤ちゃんですよ。本当に私が、もっといたわって、教えてあげていればよかった。でも、もう遅いわ」

主人公が他に接触している女性がいると相手に思わせ、事実が発覚した際のやりとりである。

この傷つくまいという三島の必死な努力（？）は最後の作品「天人五衰」では透の百子に対する甘い男になりおおせたまま、婚約から破談に持ち込むという復讐に変わっている。『禁色』も含めて異性と恋愛ができない自分を隠し甘い男になりおおせることに成功してきた主人公が最後に否定される瞬間が来る。

八十二歳になる三島の分身・本多繁邦が八十三歳の門跡・聡子を尋ねた時の「松枝清顕さんという方は、お名を聞いたこともありません。そんなお方は、もともとあらしゃらなかったのと違いますか？」という彼女の返答である。そして彼女に案内された寺庭に対する心象風景「この庭には何もない。記憶もなければ何もないところへ、自分は来てしまったと本多は思った。庭は夏の日さかりの日を浴びてしんとしている」で『豊饒の海』という長編は終わる。なんという空疎で孤独な表現だろう。それまでの三部作そのものの意味の崩壊というべきで、読まされてきた読者はこれまでの輪廻転生の話は一体何だったのだろうとの思いに捉われる。本来『豊饒の海』の最終作「天人五衰」はこんな結末を予定してはいなかったのでは？　何かの変化が三島由紀夫に生じたとしか考えられない。三島を自殺のエリートと呼ぶのは誤解を招くのかもしれない。

突然担当医と師長が一枚の紙切れを持参して病室に入ってきた。「共に」という光景に来るべきものが来たという一瞬の緊張が全身に走った。「切除断端、精嚢、周辺リンパ節にがん細胞は有りません。それから右膝関節のガリウムの集積、あれも整形外科部長の診断では悪性のものではなかったようです」。「判決無罪！　ただし執行猶予半年に一回PSA検査を必要とする」というものだった。二週間ぶりの病院の外はまぶしいほど緑にあふれていた。それらは三島由紀夫の世界をすっかり忘却の彼方に押し出した。帰宅して一瞬ある種の想いが蘇った。戻る先が「何もない記憶もない庭」でなくて良かったと。

（二〇一一年「北海道大学医学部精神医学教室同門会誌」第三十七号）

村上春樹

市立札幌病院静療院院長時代のことである。現在の私は同病院精神医療センター部長に降格している。部長職に、もちろん専属の秘書などはいるはずもない。

院長室に向かって秘書が怪訝（けげん）そうな表情で「○○商事のWさんという方からお電話です。取り次ぎますか？」と問いかけた。出ると、「俺だよ、声で分からないか」と聞き覚えのある初老男性のそれである。医学部入学前に在籍していた外語大の同級生だった。

四十年ぶりに逢ってみると○○商事の社長をしていて、「社会に役に立つ仕事で定年を迎えたい」という。彼の提案している開発中認知症診断機器のことはさておき、興味深かったのは四十年ぶりの文学談義だった。在学当時からドストエフスキーやトルストイを原語で読みこなすという相当な秀才で、「とてもかなわない」……専攻を間違ったと自分に思わせた一人だった。その彼が出張中に村上春樹のロシア語訳を機内で読むのを楽しみにしているという。かつての文学青年がその後一転して社長にまで出世したのだからたいしたものだとは思いつつ、何か流行作家を気に入るというのは「彼も俗化してレベルが下がったものだ」という秘かな印象を免れなかった。「団塊の世代の男女の恋愛の機微をうまく表現している」のだそうである。一冊も読んだことはない当方は「ふーん」と相槌をうつのみであった。

だが、またしてもその機会が巡って来た。前立腺がんの摘出手術を受けて半年後に右鼠径部が腫脹しだし、診察を受けると、「あっ、それね。鼠径ヘルニアですね。術後十五パーセントに後遺症として出現しますが、まあ、しかるべき時期に手術を受けることですね」とあっさりのたまわれた。入院期間は五日程だというので村上春樹の作品を入院時に買い込んだ。

まず違和感を覚えたのは「僕」という一人称で話が展開することである。そして何らかの魅力的な女性が主人公の周囲に数人現れ、彼女たちから絶えず注目を浴び、関心をもたれ、いとも簡単にベッドインしてしまう。自分が六十四歳という年齢だから我慢して読めるが、これが同年代ならとても、光源氏でもあるまいし、「なんでこいつだけが」と嫉妬を感ぜざるを得ない。これは「もてる男の話なのだ」と。主人公の心理だけが克明に描写されていながら、相手の女性の心理はそれでいて主人公に惹かれるためだけのそれにとどまっている。なんと都合が良い。『ノルウェーの森』で極地に達する。蓮實重彦氏がいみじくも「結婚詐欺の文学[1]」とは言い得て妙のところがある。

ただ比喩表現の巧みさと筋の展開はまさに飽きさせない。また怪談めいた非日常性を帯びた「羊男」等のエピソードの挿入の仕方は、源氏物語の六条の御息所(ろくじょうのみやすんどころ)が生霊となって現れるくだりと同様に、すらっと読める。まさにこれなくしては成立し得ないような自然さである。天賦の才というべきであろう。

手術は前手術による腹膜の癒着で二時間の予定が五時間に及んだ。入院が長引きそうだと危惧？（期待？）したが、入院五日目の朝の往診で、「傷の治りは極めて順調です。本日退院とします」との意外なご神託。春樹の小説は初期から次第に長編化しており、到底一気呵成に読むことはかなわなかった。もう少し入院していたかった。

後日談――

未だかなわなく、『ねじまき鳥クロニクル』にとどまっている。「僕」は変わりないが、人並みに女房にふりまわされ、簡単にベッドインしなくなったので、同じ団塊の世代として嫉妬をとりさげ、許すことにしました。

後後日談――

本日やっと『ねじまき鳥クロニクル』を読み終えた。つい夢中になって読む小説というのも珍しい。作者自身も結論はともかくも何かに突き動かされるように思いつくままに書き進んだのではという気さえしてくる。ここでは前述にあるような女性に自己主張しないで受け入れていくうちに果実にありつくというようなこれまでと異なる筋書きがある。まず突然蒸発する妻により「僕」の思い通りにならない女性が演じられる。ただそれも兄に幽閉されている妻を取り返すお話だからモーツァルトの魔笛の小説版と言えなくもない。なあんだ相変わらず「僕」の武勇談ではないかと。ただ「僕」に関連する人物像はこれまでになく生彩を放っている。とりわけ間宮中尉や牛河そしてボリス等男性群が存在感を持って活写されるようになってきた。そして変わらず非日常的な体験の挿入の仕方はやはり天性としか言いようがない。非現実的な描写により現実よりもより真実を表現するというやりかたである。例えば壁から人が消えてあちらの世界に行く、もしくは主人公自身が壁を抜けるという体験に始まる夢か現か区別がつかないストーリーの挿入である。

これってレビー小体型認知症(2)の体験ではないか？　我々は臨床医として幻視、レム睡眠行動障害、認知の動揺として諸症状をとらえているが、患者さんにとっての体験はまさに村上春樹が表現する正気で論理的に展開する世界から突然妖気の世界にすっぽり陥ってしまうそれと酷似するものではないか？　彼はまさにこの体験世界を小説に巧みに取り入れることで、そのリアリティを獲得しているとしか思えない。

ひょっとして彼に幻視、レム睡眠行動障害がすでにありはしないか？　そう思わせるほどこれらの描写が生き生きしている。近い将来彼の小説はこれからもどんどん進化してノーベル文学賞を獲得するかもしれない。

（1）蓮實重彦：結婚詐欺からケイリー・グラントへ―現代日本の小説を読む―　早稲田文学（第9次）28（4）4-29 二〇〇三・七

（2）レビー小体型認知症：アルツハイマー型認知症、脳血管性認知症、前頭側頭型認知症とともに四大認知症の一つ。認知機能低下とともに幻視、認知の動揺、パーキンソン症候群、レム睡眠行動障害を伴いやすい。

（二〇一二年「同誌」三十八号）

紫式部

高校時代のことである。古典の教科書に『源氏物語』の中の「若紫」という章があった。ただの「ロリコン男の話ではないか‼」と退屈で、教師の解説中に思わず欠伸(あくび)をして、クラスメートの前でこっぴどく叱られた。その瞬間「この小説のしかもこの章の一体どこが面白いのですか?」と咄嗟に開き直った。するとそれまで謹厳な国語教師の表情が一瞬、緩んだ。「そうだな(未だ人生経験のない未熟な、と言いたげに見えた)君たちにとってはそうかもしれない」と思わず率直なレスポンスが返ってきた。その時この教師には本音では「意外にフランクなところがある」と感心した記憶がある。

「須磨帰り」という言葉がある。途中で飽きて疲れて、そこまでで、読むのを大方の読者は諦めてしまうという意味のようだ。確かに源氏物語は光源氏を含めて三代にわたる。おそらく古今東西三代にまで小説にする作家というのは記憶にない。日本人の小説としても例がない。紫式部という女性は古来から近年、稀にみる奇跡と言って良いほど執念深く、情念の塊のような人に思われてくる。一体何が十一世紀の一女性にそんなパワーを開花させたのか？　空蝉（うつせみ）が紫式部のモデルという説があるが、一地方官の娘という身分上の立場だけではなく、おそらく宮廷では、そんなにもてはやされるような美人では絶対になかったに違いない（これは私の確信である！！！）。そして嫉妬深く、紫式部日記では「清少納言こそ……」と嫌みを言ってはばからない。ただ、当時から内裏にあっての源氏物語の評判は高く、当初は理想の男性の恋愛遍歴と宮廷内の権力争いを描くことで、日頃のうっぷんと屈託を晴らす良い機会にしたに違いない。そして、「それから、それから」と周囲からの圧迫と期待に応ぜざるを得なくなった。

　とはいえ、主人公の光源氏が死去したところでそれは許してもらって良かったのではないか？？　にもかかわらず物語は続き、最後を宇治十帖で終わるありかたは極めて奇異である。浮舟が薫の君の言い寄りに毅然として「そんな人はおりません」として固辞することで結局、長大な物語が終わる。このエンディングは紫式部自身がある時期から抱いていた無常観・仏教感の影響のせいだろうか？？　いや、それまでの自ら築きあげてきた宮廷文学に対する全否定を表現していると言えないか。宇治という当時の京の片田舎をあえて舞台にして、しかも薫という不器用な人物を登場させる。理想の男性像を描くことに飽きてしまい、より現実にありがちな情けない人物像を描くのが本来の小説なのではと彼女は後段に入って目覚めだしたに違いない。かくして宇治十帖で近代小説にした。いや現代小説にしたといっても良い。ロシア文学にたとえれば、すでにドストエフスキーの世界に果てしなく近づいたあげくに、宇治十帖で突然チェーホフに変身したというべきでしょうか……。

須磨帰りの皆さんには気の毒なのですが、宇治十帖から読み返したら「肩の力が抜けそう」とお勧めしたいところです。

国語教科書を選定したのは定年退職前後のいわゆる国語・国文学教育における肩書きある偉い学者様なのでしょう。年寄り特有の無難な安寧を求める心性はこの齢になると解らなくもない。いやもちろんよくとりあげられる「雨夜の品定め」など印象深いシーン満載なのは認めますが……。「若紫」も、六十五歳になった今にしてみれば、その朗々とした雰囲気と文体はなかなかいけなくもない。

でも高校国語教科書は「嫉妬に狂ったとされる六条の御息所が生霊として現れ、光源氏が夕顔を守るべく太刀をふるう」話から始めるべきだったのです。さらに「車争い」で恥をかかされ、正妻の葵の上にも恨みをもつ御息所、死の淵をさまよう葵の上の言葉が急に御息所の声音になって泣いて話すのに慄然とする光源氏、御息所の伊勢への下向……「六条の御息所自らが、その存在を否定しない、制御不能という嫉妬にかられた妄執？　もしくは御息所に対する負い目に由来する光源氏自身の被害妄想？」人間の深層心理をここまで面白く活写したものはない……。

この齢の小生が国語教師なら得意満面に語ることができる。ロシア民謡「赤いサラファン」のように今の君たちには解るまいが「その時きっと思いあたる」と。それで国語教師も生徒もどれだけ退屈な時間から逃れることができることだろうか……。

実は一時、デモシカ語学教師になろうとしたことがあるのです。

世界の文学で彼女に対抗できるのはシェークスピアぐらいだろうか？？　それともドス

トエフスキー？？？

でも、はなはだ言いにくくて、申し訳ありませんが、個人的には心を許してのお付き合いは御遠慮申し上げたい女性の一人ですね……。キャッチコピー的才能豊かな清少納言さんならお友達としても良い？？　いささか自己愛的なところが疲れますが……。

そもそも彼女たちが片田舎の精神科医を相手にしない！！！

ごもっともです。

（二〇一三年「同誌」三十九号）

川端康成

裁 判 長：川端康成さんですね。
川端康成：はい
裁 判 長：まず事実確認をします。あなたは『みづうみ』に描かれたように、札幌市のとある区において、マンション街へ入る電車通りの曲がり角まで水木宮子二十五歳の後をつけ、余りの猛接近に気づいた同女から、それを振り払うべく、青い革のハンドバッグを投げつけられ、したたか顔を打った。逃げる同女が捨てたハンドバッグを、証拠隠滅のため、拾い、内部の通帳、二十万円の札束、ハンカチは暖炉で焼き、革は鋏で切り刻み、一切れずつ、日数をかけ、火にくべた。燃えない口紅やコンパクトの金は夜中に豊平川に捨てた。事実に相違ありませんか？
川端康成：相違ありません。

裁判長：では以後あなたを「対象者」と呼びます。対象者は何故、水木宮子二十五歳の後をつけたのですか？

対象者：金が目当てではなく、女の魔力に誘われたのです。あの女にも後をつけられるものがあったのです。ついうっとりとしてしまって……。いや、つけられて女の方にもうずくようなよろこびもあったと思います。

裁判長：それはどこで分かるのですか？

対象者：経験で分かります。

裁判長：それではこれまでも同様な体験をしてきたということですか？

対象者：はじめて後をつけたのは十五歳になる女子生徒で、私の教え子です。その時もその娘の魔力に誘われたからで、魔力を自分に吹きかけたからでした。怪しい魔力に感電してしまったのです。家の前まで後をつけて「先生、何か御用ですか？」と問われて、とっさに「水虫の薬の名をお父様に聞いてくれませんか？」と言い訳をして、門前から逃げ出したのが最初です。ところがあろうことか、その翌日にその生徒は「先生、お薬」とすばやく私のポケットに入れたのです。昨日つけられたことでこの娘は、自分の魔力を自覚し、むしろひそかな愉楽におののいていると確信しました。その後教師と教え子でありながら彼女を愛した日々がこれまでの私の半生で最も幸福な時でした。教職を追われ、彼女とも別れさせられましたが、女の後をつける美しい戦慄と恍惚が私をとらえるようになったのです。

検察官：被害者水木宮子の陳述では銀行から二十万円引き出し、直後あたりから後をつけられだしたのに気付き、金をねらってのものと警戒していたが、余りの急接近で、恐怖が極限に達した時、ハンドバックを捨てて逃げたとのことです。ところが金目当てにしては、その後の検証では現金札を焼き捨てるなど、加害者の言動に了解を超えるところが窺われ、さらには加害者の過去の既往には、ただ今の発言に見られるような、とりわけ十五歳になりなんとする美少女に限定して後を付け回すエピソードが繰り返されております。先日も市内豊平川河川敷花火大会の夜に、日頃付け回している同じく十五歳の少女におもむろにこころもち眺めるように後ろから忍び寄り、少女のワンピースの腰のバンドに蛍籠をそっとひっかけ、人ごみに紛れるという奇矯な行為で地域住民から薄気味悪がられてもおります。何らかの治療可能な精神疾患が背景にありはしないかと今回あえて起訴をとりやめ、審判への申し立てに至ったものです。

裁判官：その時のそのような行為にいたったきっかけと理由を聞かせてください。

対象者：坂を上がって行く柴犬をひいた一人の少女を見つけ、ズボンの裾の折り返された赤の格子が鮮やかだった。その短いズボンとズックの運動靴との間に、少女の白い足が見えました。奇跡のような色気が私を離さなかったのです。赤い格子の折り返しと白いズックの靴との間に見える、少女の肌の色からだけでも、自分には死にたい程の、また少女を殺したい程の、かなしみが胸にせまったのです。

一瞬、検察官は裁判長に視線を向けた。これはただごとではない、単なる軽犯罪で起訴して済む問題ではない。これこそ医療観察法に乗せるべき事例ではないか？　検察官の業績としてはほとんど評価されないこの審判の場ではあっても、検察側にこそ市民を守る良心があることをこの際、積極的にアピールしたい。ストーカー事件が頻発する昨今、この真摯な思いは届くはずであると胸を張った。その時である。後方の検事補が何やら検察官に耳打ちをした。

検察官：実は被告はもう一件死体遺棄疑いという看過できない事件を起こしております。意見陳述というかたちで補足して宜しいでしょうか？

裁判官：認めます。

検察官：被告には十六歳ぐらいの美少女を全裸にして眠らせて、肌に触れるという奇怪な趣味があるのが解っております。
先日相手をしている二少女のうちの一人が突然死して、「娘ももう一人おりますでしょう」と女将から宥（なだ）められたとはいえ、自分が関与して死亡させた可能性を知りながら遺棄して去ったのです。

裁判官：その奇怪な趣味と死体遺棄疑いについてもう少し具体的に事実に即した説明を求めます。

検察官：それは『眠れる美女』に詳しいのでお読みください……。

付添人（弁護士）：対象者には、いやここでは先生と呼ばせてください。上述の二作品はあまりにも特殊、例外的なそれで、先生には、これまで『雪国』『山の音』『古都』といった美しい日本を叙情的に示す名作があるのは皆さん御存じの通りです。

『雪国』の冒頭を読み上げます。

「国境の長いトンネルを抜けると雪国だった。夜の底が白くなった。信号所に汽車が止まった。向こう側の座席から娘が立って来て、島村の前のガラス窓を落とした。……

『駅長さあん、駅長さあん』……悲しいほど美しい声であった。高い響きのまま夜の雪から木魂してきそうだった。島村はふと指で窓ガラスに線を引いた。窓ガラスの鏡の底に夕景色が流れ、そこには二重写しのように娘の顔が写し出され、そのふたつが溶け合いながらこの世ならぬ象徴の世界を描いていた。殊に娘の顔のただなかに野山のともし火がともった時には、島村はなんともいえぬ美しさに胸がふるえたほどだった」

こんな見事な繊細な感受性をもって日本人の心の精髄を表現できる芸術家が本邦で他にいるでしょうか？

検察官：『雪国』は冒頭のくだりで皆がごまかされているのです。あとはなんということのない、被告の他の作品同様に、いつ終わるとも知れない退屈な叙述です。その中には「『こいつが一番よく君を覚えていたよ』と島村は人差し指だけ伸ばした左手の握り拳を、いきなり女の目の前に突き付けた」という健全な少年少女にはとても読ませられない卑猥な表現があるのをご存じでしょうか？　付添人は冒頭に描かれる女性は誰とお思いですか？　主人公駒子ではなく葉子です。そして十三年の歳月を経て、完成された結末に登場するのも葉子です。再会して日々成熟した女性になってゆく駒子に性愛の喜びを体験しつつも、いつかそれを振り切ってまで永遠の処女、美神・葉子に憧れ、回帰することで、いずれ駒子と別れざるを得ない島村の業を示す話なのです。そんな島村に対する駒子の狂気に近づくような情念は、「夜の大地に含む天の河の輝きと、その下で燃え上がる雪中の炎の中から二人の道行きを静かにさえぎるように空中に浮遊する」葉子の姿で浄化される。駒子の、そんな葉子の生命の変容を通しての、島村に対する諦めの作品なのです。成熟した女性となってゆく駒子をいつか彼の妻同様に、遠ざけざるを得なくなる島村の自らの運命を美化させただけの作品と言えます。

『山の音』も嫁をかばう義父の美談風になってはいるが、おそらく養子にした美しい麻紗子をモデルにしたものでしょう。初恋の人を忘れられない心境の代償として養女に抱く近親相姦的心性を嫁と義父との対話にすりかえたものです。主人公の並々ならぬ関心と愛情が、少年の頃あこがれた妻の姉に似た「ほっそりとした色白」の嫁の「未熟で純潔なかおり」に注がれているのがお分かりでしょうか？

『古都』にいたっては京都を舞台とした双子の姉妹の話で、謂わばご当地ソングの小説版でオリエンタリズムを極度に売り物にした空疎な点はともかく、その極め付けは二人を取り違えた青年が片方の身代わりに他方へ求婚するという いかにも不自然な筋書きです。そこには「生身の苗子」を通し「幻の千恵子」

を愛することもありだという作者の潜在的な歪んだ欲望が隠し秘められている。睡眠薬中毒下のもうろう状態で書かれたものだと自身が認めているだけに作家のそんな願望がかえって露わに示されていると言わざるを得ない。被告の心性の奥にはこれら作品群からして、すでに芸術に名を借りたとんでもない魔性の兆しが潜んでいるのです。公序良俗に反した反社会的といえる前二作品はその必然的な帰結と言ってよい。

付添人（弁護士）：先生は社会的にも十七年間にわたる日本ペンクラブ代表を務め、文壇の取りまとめ役として努力されてきました。どこにこれまでの実生活に反社会的なものを見出せるでしょう。その芸術性を全世界が認め、日本人初のノーベル文学賞受賞に輝いたのです。

検 察 官：被告の文壇における政治的操作能力は認めます。実際十七年間も日本ペンクラブ代表を務めたからこそ、あのようなプロットに欠けるとされる作品群でも受賞したのです。ペンクラブ代表でなかったら、谷崎潤一郎、三島由紀夫が先に受賞していたのです。村上春樹が未だにノーベル文学賞受賞できないのも、日裁判官：ここは個人的な文学談義をする場ではありませんので、今後そのような発言は控えて戴きます。

本ペンクラブに無縁だからです。

ところで審判員にお聞きしたいことがあります。今回の対象行為前後では対象者が「背負っている矢の方へいらっしゃれないの？　矢印を取ってあげるわ」という女のやさしい声に振り返り、「ありがとう」と幻の声に応じた。「降ってはいないはずの雨の音が聞こえた」等の幻聴を疑わせる内容を語っております。統合失調症圏の障害でも疑われるのでしょうか？

審判員：付添人の示すような生活歴からはむしろ一面では活発な社交性が窺われ、それは否定できると思われます。ひょっとしたら『みづうみ』執筆中の五十六歳頃からすでに睡眠薬への嗜癖症状が顕著になってきている可能性もあり、その影響も否定できないでしょう。むしろ、ここでの問題は背景の障害は何であれ、この方には同様の対象行為を繰り返す可能性が否定できないことです。ただ、それが現状の精神科治療で治療可能性あるものか……。甚だ難しく、このままでは不処遇ということになりそうです。

裁判官：それは困ります。検察官が指摘するようにそれでは世間がとりわけ札幌市民が納得しません。

審判員：審判は指定入院相当ということにしましょう。幸い北海道に限っては、指定入院医療病棟がありません。設置されるまでは処遇猶予という案では如何？　これであの方のマスコミからの名誉も守られるでしょう。

裁判官：それなら私も立場上、安心して東京地裁に戻れます。でも対象行為を繰り返しでもしたら？

審判員：それは予測できません。もしそうなったら未だに北海道にのみ指定入院医療病棟がない[1]ことに対する国の責任を問う契機にさせれば済むことです。その時は、もはやマスコミ・世論も黙ってはおりません。当方は妥当な審判をしたのみで、あとは国の不作為を彼らに追及させればよいのです。そうなれば行政の担当者も国家予算に拘ることなく安心して「池田小事件」のように積極的に動けるでしょう。なんといっても初めてノーベル文学賞を輩出した一国の名誉にかかわることなのですから。

裁判官：なるほど……でも……君の発想にはどこか精神科医らしくないところがあるね……。

そんな夢の中の沈黙の最中、「あなた、病院に遅刻するわよ！」という声が遠くから聞こえる。「さあ、今日の新聞よ！」という妻の声であった。

眼をこすりながら枕元に叩き付けられたそれをおもむろに開いてみる。

その日の報道（平成二十六年七月八日）には「川端康成　婚約女性との書簡見つかる」があった。

「川端康成が二十二歳の時、婚約相手の伊藤初代に宛てた未投函の手紙が見つかった。併せて初代から川端への手紙も十通発見された。川端は旧制一高時代、東京・本郷のカフェーで働く当時十三歳の初代と出会った。後に初代は岐阜県の寺の養女となり、東京帝大に進んだ川端は追いかけて婚約を果たす。十五歳の彼女の川端宛の手紙は『私にはある非常があるのです』『さらば』など婚約破棄を伝えるものだった」

という内容だった。

この記事を読んで、昭和五年に雑誌のインタビュー[2]に答えるかたちで披露した彼の女性観が思い出された。

「妻はなしに妾と暮らしたいと思います。子供は産まず貰い子の方がいいと思います。同居の女は、教養の低いのがいいと思います」

現在では女性蔑視と言われてもいい発言である。ここには女性は生活の臭いをさせる共同生活者であってはいけない。いつまでも自分の思うがままになり、鑑賞に耐えるような美しい美術品であって欲しいという本音が垣間見える。晩年になって美術品・骨董とりわけ一流の陶器をめでるようになったのも八歳年下の妻に代わって、美しい少女を愛玩するようなものではなかったか？　祇園に行っても、舞妓を一列に並ばせ、容姿を一人ずつ順々にながめてゆく、一人残らず十分に見極めると、またもとに戻って、端から順々に目を凝らす。娘たちを段々不気味にさせて、その二、三時間の重苦しい沈黙にたえられなくさせてしまう。その時、彼は極上の人形美という美術品に見とれていたのであろう。また画家の藤田嗣治が描いた妖しげな少女の図を六十三歳の川端が熱心に眺めている写真(3)も妙に生々しい印象を与える。

伊藤初代はなぜ翻意したのか？　諸説あるが、非常な『純潔』志向に隠れた、女性を対等な妻というよりも鑑賞の対象として見る川端の心性をその時すでに本能的に見破っていたのではないか？　『伊豆の踊子』の「私」が「踊子」を「薫」ではなく「踊子」と見るように……彼の少女はいつか愛玩物から脱する。女性となった時、そしていつか色香を失った時に示す歯牙にもかけない川端の残忍な側面をである。「大人になりきった女には深い愛着を感じることは先づありません」（『父母への手紙』）という後の川端の告白を先取りして読み切っていたと思われる。『山の音』は若い、可憐な嫁・菊子に想いを寄せる義父・信吾を主人公とする作品であるが、彼は初恋の妻の姉に似て美人になってくれないかと期待しながら、妻よりも醜い女性になった娘・房子と孫にはことのほか冷たい。十五歳の伊藤初代はすでに自分の将来にそんな「房子」の運命を予感したに違いない。

彼女の息子は「母親がノーベル賞作家にこよなく愛された」という事実ばかりに感動し「名誉なことです」とインタビューに答えていた。だが、尋常小学校三年の秋までしか綴り方を学ばなかった母親の精一杯の判断から婚約破棄にたどりつき、結果として自分をこの世に生あらしめた、一女性としての英断に想いを寄せるべきだったのだ。

妻に対する条件のルーツはすでにこの初恋の時代から始まっており、その満たされなかった密かな想いこそ、晩年になって彼の芸術の究極の境地として『みずうみ』『眠れる美女』などの作品を生みだしたと思われる。

それまでの作品は川端芸術の極北と言うべきこの二作品の前座であると言いきりたい。だが『古都』で一挙に下り坂になり、六十九歳で日本人初のノーベル文学賞受賞の名誉に輝いた以降はさしたる作品もなくなる。この受賞が彼を「美しい日本の私」にあるような日本を代表する崇高な審美家・人格者にしてしまい、『みづうみ』という主人公銀平が作家その人であったような、現在でいえばストーカーの異常心理作品、『眠れる美女』という「眠らされた処女の裸身に対する老人の執拗、綿密なネクロフィリア的な情景（三島由紀夫評言）[4]」からなる奇怪な作品をこれ以上作ることを許さなくした。

このことが想像力の枯渇に追い打ちをかけ、青年期から引きずりながら、いっこうに解決されざる葛藤の、創作を通しての昇華を不可能にしてしまったことはないだろうか？

ノーベル賞作家の候補にあがりながら果たせず、結果的に『瘋癲老人日記』などで最期まで旺盛な老後を生き抜いた谷崎潤一郎との対比が興味深い。

もっとも死の前年の七十一歳時、伊藤整の三回忌の追悼会での康成の挨拶は気になる。故人に対する追悼の言葉は二、三言で済ませ、あとの大部分をその会合に何の関係もない平岡梓（三島由紀夫の父）に対する激しい怒りの言葉を述べて参集していた人たちを驚かせたという。[5] 会葬の名人と言われ、やがて弔辞の名人と印象付けた人である。戦後日ならずして失意のうちに世を去った横光利一の霊前に、「僕は日本の山河を魂として君の後を生きてゆく」と捧げた有名な彼の弔辞からは隔世の感がある。

慢性睡眠薬中毒の影響が徐々に出現してきたのであろう。ノーベル賞受賞後四年目の昭和四十七年四月六日午後、家族に黙ってぶらりと鎌倉・長谷の自宅を出て、仕事部屋に使っていた逗子のマリーナ・マンションに行き、自室でガス管を銜えて自殺した。遺書は残されていなかったという。「書きかけの万年筆の蓋さえ閉めていない。ふと思い立ってとしか言いようのない有様で駆け足で死んでいる」（今東光）。ひょっとして睡眠薬大量服薬のもうろう状態のさなかでとっさにガス管を銜えたのかもしれない。直前まで異常に執着していたお手伝いさんの少女に突如去られたと噂される彼の自殺の遠因は伊藤初代との別れからすでに発していたのではないか。そのもうろう状態のさなか、彼の心には婚約破棄を伝える十五歳の伊藤初代の声がフラッシュバックのように鳴り響いていたかもしれない。

（1）二〇二二年に北海道の医療観察法病棟は北海道大学の管轄下で設置された。
（2）川端康成『私の生活（3）希望』新文芸日記（日本近代文学館提供）一九二九
（3）新潮日本文学アルバム『川端康成』新潮社　一九八四
（4）三島由紀夫　「解説」新潮文庫『眠れる美女』　一九六七
（5）小谷野敦『川端康成伝　双面の人』中央公論新社　二〇一三

（二〇一四年「同誌」四十号）

夏目漱石

十八歳の時だった。京大入試の国語問題に「夏目漱石について〇〇字以内に記せ」という出題があった。試験会場のその時、頭が真っ白になって何を書いたか未だに思い出せない。ただひたすら拷問にあっているような気分だった記憶がある。「青春の挫折はここから始まった」と以後かつての千円札の表面は見る気がしなかった。

時は過ぎ三十数年後の熊本の老年精神医学会でのことだった。当時は同札の肖像は「野口英世」に代わっていた。何とはなく、ふいに隙間の時間つぶしに漱石の旧宅に立ち寄ってみたくなった。旧制五高での漱石の遺品や学生たちとの写真が展示されている。そこでは思いがけないことに、漱石の授業については原典に忠実で、余り面白いものではなかったように記載されている。むしろ前任の小泉八雲の方が文学的な情熱が伝わり、学生には評判が良かったらしい。小泉八雲は周知のように「日本語の片言が喋れただけで、読み書きはほとんどできなかった」とされる。[1]にもかかわらず彼の方に人気があったというので、漱石はかなり悩んだらしい、と意外な彼の側面が示されていた。この悩みは一九〇三年、やはり小泉八雲の後任として東京帝国大学英文科で教鞭をとりだした時にも引き継がれる。小泉八雲は英文学や西洋文化に関する味わい深い講義録を遺した。学生に圧倒的な人気のある詩的な八雲に比し、分析的な漱石はそこでも不評だったという。[2]

要するに原文読解に忠実だが、どこか遊びの精神に乏しい律儀な教師だったのだろう。その源流は松山中学時代の一生徒の以下の回想にも示される。「先生の英語の教授法は、訳ばかりでは不可ない。シンタックスとグラマーを解剖して、言葉の排列の末まで精詳に検覈しなければならぬというので、一時間に僅かに三、四行しか行かぬこともあった。そのために一年間に『スケッチ・ブック』三章しか読了しなかったのである」。[3]

どうであろうか？　まるで英文の解剖学ではないか？　自分の文章を解剖されたワシントン・アーヴィングは墓場で泣いていたであろう。私が当時の松山中学の生徒なら、「止めてほしい」と思わず大欠伸をして、またまた、こっぴどく叱られて廊下に立たされている光景が目に浮かぶ。

「そもそも自分は教師に適わない」と松山中学時代から、第五高等学校を経て、第一高等学校・東京帝大にまで赴任しながら思い抱き続けていたのではなかろうか？　松山中学でのバッタ事件は「小泉八雲なら遭っていなかったに違いない」と。「いやもし遭っていたとしても、これは新任教師に対する生徒たちの挨拶のようなものだ。映画『サウンド・オブ・ミュージック』で家庭教師マリアが子供たちの待ち構える松ぼっくりの椅子で驚かされるのと同様ではないか？　その際、彼女は『面白い歓迎をどうも有難う』とさらっとかわしたではないか！〔済みません、漱石はその当時、同ミュージカルは見ておりませんでした!!〕。八雲なら同様な態度を自分より遥かにスマートにとっていたに違いない」と。

寄宿生は新任教師をいたずらで品定めしようとする。それに対する反応から、ついとぼけることに至ったはずの彼らに対して、「学校へ入って、嘘を吐いて、誤魔化して、陰でこせこせ生意気な悪いいたずらをして、話せない雑兵だ」という評価を加える。そして「免職になるか、寄宿生を悉（ことごと）くあやまらせるか、どっちかに一つにする了見だ」とせざるを得なくなる。〔坊ちゃん、いかに数学教師とはいえ、気の毒なほど、やや二分法的でちょっとアスペルガーチックですね」。

卒業後、程なくの片田舎赴任とはいえ漱石自身も教師として生徒、同僚、上司とどこかうまくコミュニケーションがとれず悩んでいたのではないか。わずかに山嵐的人物（ひょっとして正岡子規？）に自分と同じものを見出しほっとする。この疑いは漱石自身の友人にあてた手紙「田舎もまた東京と同じように不愉快極まりなかった。熊本に行ったのは、人を遇する道を心得ぬ松山のものを罰したつもりである」に表現される。この悩みを『坊ちゃん』でより勧善懲悪的に小説化することで自分のそれまでの「とかくに人の世は住みにくい」を解消していたのではないかと勘繰りたくなる。鬼ヶ島から凱旋して帰京したはずの坊ちゃんにその後の職場として漱石が与えたのは街鉄の技手（ぎて）だった。このことは漱石自らが坊ちゃんの教師としてやって行く上での限界を認めたことにならないか？

熊本での、結婚して初年の正月は多くの学生・来客の訪問に閉口し、おせち料理が足りなくなったのを「配慮が足りない」と妻を厳しく叱りつける。(4) それに懲りて翌年の正月は境子夫人を自宅に残し、「住みにくさが高じると安いところへ引っ越したくなる」と友人と温泉の旅に出る。『草枕』は身勝手さを許した彼女の我慢から出現したのではないか？

「『非人情の天地に逍遥（しょうよう）したい！』いい気なものよ!!『温泉宿のお嬢さん・那美さんの風呂場での影に美しい画題を見出した！』、冗談ではないわ!!」

現在であれば離婚騒ぎに発展しかねなかったであろう。その当時の漱石は、ただの一教師だったのです。「将来日本を代表する千円札に載る作家として大成するなどどうでも良い。なんで私がこんな自分本位な人に」と妻としては許しがたい夫に違いなかったはずである。実際、熊本に来て三年目には境子夫人は入水自殺を図る。[5]

だが自らに原因なしとしないとはいえ、そんな数々の現実の摩擦を背景とする「生きづらさ」をてこに次々と小説を生み出したのが漱石だったのでは？　その契機としては、教師そして夫（あるいは男性として？）としての不適応感が大きなばねになったに違いない。

教師としての苦いエピソードは一高時代にも再現される。授業中、宿題をさぼった一学生がいた。「なぜ、きちっと準備してこないのだ?」漱石が問い詰めると、「自分は英文学をやるから良いのだ」と開き直られた。それで漱石は「そんな基礎的な文章も読みこなせない者に英文学をやる資格はない！　君の英文学に対する考え方は間違っている」と満座の前でこっぴどくその学生を叱りつけたらしい。[2]藤村操という札幌一中出身のその学生はその五日後に「萬有の真相……不可解なり」という書置きを残して華厳の滝から投身自殺した。この事件は当時の社会に大きな影響を及ぼし、後を追うものが続出し、この滝は自殺の名所として知られるようになった。現在の自殺学でいう群発自殺のはしりであろう。

生真面目さと誠実であるがゆえのことであろうが、このエピソードは漱石に深い傷跡を残したようで、『吾輩は猫である』では漱石の分身である、自殺願望を捨てきれない主人公苦沙弥先生を中心に、迷亭の「首懸けの松」、寒月の「首縊りの力学」等冗談めかした自殺の主題が見え隠れし、末尾の第十一章に至っては、以下のようなやりとりに至る。

苦沙弥「万年後の後には死といえば、自殺より他に存在しないように考えられるようになる」

「大変なことになりますね」

苦沙弥「そうなると自殺も大分研究が進んで、立派な科学になって、中学校で倫理の代りに自殺学を正科として授けるようになる」

見事な予言である!! 昨今の年間三万人近い自殺者が発生する世界的にも注目される本

邦の状況をかんがみるに、予言者漱石の面目躍如たるものがある。

ちなみに『吾輩は猫である』の最後は猫の自殺で幕を閉じる。

教師として、一生徒に自殺された漱石の心の傷はその後も続いたと思われ、『こころ』でも友人Kに自殺された先生を自殺学における残された者（サヴァイバー）の深層心理を代表するものとして見事に取り扱っている。Kと先生との関係については詳論あるが、たとえそれが同性愛を疑われてもかまわない、愛する者を、わずかに襖を意図的にあけられた隣室で失ってしまい、その死に追いやった責任の一端を認めざるを得ない残された者の葛藤のストーリーと受け取れる。毎月一度Kの墓にお参りし、奥さんとの間が妙に冷たかろうが、ほとんど死んだような気持ちで生きることを自らに課す。

それにしても先生は自殺学におけるサヴァイバーの心にともすれば浮上しがちな「幸せになってはイケナイ症候群（これは私の造語です！）」、それも重症の」に陥っていたのではないか？　でなければ「あなた限りに打ち明けられた秘密として、妻にはなるべく純白に保存しておいてやりたい」とあんなに長い遺書を一種の野次馬で、他人ごとに鼻を突っ込みすぎる、どこの馬の骨か解らないような若造の「私」にだけ告白され、一人蚊帳の外に残された静さんが余りにも気の毒である。草枕における新婚早々の境子夫人のように……。

この作品の極め付けは、「妻はなるべく純白に保存」という漱石の風変りな異性観である。背景にある、未亡人・お嬢さんからの身内同様の待遇に策略家との臆測を巡らせ、時に理解に苦しみ、戸惑いがちで、結果的には身勝手・独りよがりな想像力に耐えられず友人Kを同居させてしまう先生の脈々とした女性不信の側面である。

実は、男性を困惑させるどころか、畏怖させるような女性はそれ以前からしばしば登場する。すなわち、正宗白鳥の指摘するような、「女性をまったく描けない作家[6]」では決してなく、時にはっと驚くような鮮烈な女性像にとまどい、それに対してむしろ消極的かつ及び腰な男性群が対照的にすでに描かれている。

『三四郎』では冒頭に、なりゆきで同じ宿屋、同じ部屋、同じ布団で休むことになった女性が現れる。敷布で仕切りを拵えて寝、何ごともなく一夜をともにした翌朝、三四郎は女に、「あなたはよっぽど度胸のないかたですね」と、言われる。その延長線上で美禰子から「索引のついている人の心さえあててみようとなさらないのん気なかた」とその鈍感さを指摘される。

『それから』の「こうなるのは始めから解ってるじゃありませんか」「仕様がない。覚悟を極めましょう」「死ねと仰しゃれば死ぬわ」と言われ、夫を捨てるという決断を三千代から浴びせられる代助は背中から水をかぶったように震える。

『行人（こうじん）』では次のようなシーンが描かれる。

「姉さん」

嫂はまだ黙っていた。自分は電気燈の消えない前、自分の向こうに坐っていた嫂の姿を、想像で適当の距離に描き出した。そうしてそれを便りにまた「姉さん」と呼んだ。

「何よ」

彼女の答は何だか蒼蠅（うるさ）そうであった。

「いるんですか」

「いるわあなた。人間ですもの。嘘だと思うならここへ来て手で障って御覧なさい」

自分は手捜りに捜り寄って見たい気がした。けれどもそれほどの度胸がなかった。そのうち彼女の坐っている見当で女帯の擦れる音がした。

「姉さん何かしているんですか」と聞いた。

谷崎潤一郎の瘋癲老人日記の主人公なら、なんたるまどろこしい信じられないこれら初心な男たちの挙動と驚くかもしれない。


そして最期の作品『明暗』では「ただ愛するのよ、そうして愛させるのよ」と自分を愛の対象として夫に認めさせるべく闘うというお延という、ちょっとドストエフスキー風の意志を示す女性に、主人公津田はたじたじとなるばかりになる。

『硝子戸の中』での告白では、高齢の夫婦の恥かきという境遇に生まれ、母親に乳が出なかったことから、生まれてすぐに古道具の売買を渡世にしていた貧しい夫婦に里子に出された。その道具屋のガラクタといっしょに、小さな笊の中に入れられて、毎晩、夜店に曝されていた。見かねた姉が連れ帰るが、二歳で再び新たな家に養子に出される。その養家でも家庭崩壊の現場を体験し、養父母の離婚を契機に八歳で夏目家に戻される。夫婦喧嘩が絶えない養父母のもと、どこにも居場所がない存在として幼少時期を過ごしたことが示される。

『道草』の中では、養母「島田御常」からは「本当は誰の子なの?」「誰が一番好きだい?」と自分が気に入る答えが返ってくるまで、質問を繰り返される。どこか自然な情愛と異なる押しつけがましさに耐えかねた経緯と、「非常に嘘を吐くことが巧い女であった。それからどんな場合でも、自分に利益があるとさえ見れば、すぐ涙を流す事の出来る女であった」と回想される。その時の漱石は養父母の間に挟まれ、当初は〝かすがい〟であったものが次第に夫婦間の溝をさらに深める不要な子として扱われるに至る。おそらく夫婦間の二重スパイのような役割を強制されたのであろう。

その期待に添えなかったがために、その仲をより険悪にさせた元凶として双方から相当な心理的虐待を受けていたことが想像される。事実上の母のない、愛されなかった子としてのみならず、母性への不信感をつのらせてその後も育ったことが、上述の諸々の女性に対する生きづらさにどのように影響していただろうか……漱石こそ、昨今の精神医学でいえば安定した愛着が養育者から築かれなかった愛着障害の先人ではなかったか？

このコンテクストでとらえると従来の病跡学でいうところの追跡妄想（呉秀三）、非定型精神病（中川秀三）、統合失調症（荻野恒一）、内因性うつ病（加賀乙彦）は、どこか群盲象をなぜるような感がしないでもない。ただ諸説にあって、精神科医の立場から本邦で最初に漱石の病気に触れた北大同門の大先輩である中川秀三先生の非定型精神病説：中川秀三「漱石の病気」（「フラテ」第二十六号・北海道帝国大学医学部学友会　昭九・二）は確かに侮れない。

実際に、一回目は東京帝大卒業後、東京高等師範学校英語教師となって松山中学赴任までの一年半の間、法蔵院という尼寺に下宿したが、そこでは隣の尼さんから監視されているという被害妄想に悩まされる。[4] 二回目はロンドン留学中、下宿のおかみさんに四六時中自分のことが見張られている注察妄想に悩まされる。[4] 三回目は『行人』の執筆時期に妻や女中の話し声を自分の悪口を言っているのではと邪推し、当り散らす。[4] ただその病状再燃?の際の妄想の対象が常に女性に偏りがちなのがちょっと気がかりである。養母「塩原やす」(『道草』の「島田御常」)との幼児体験がその後の彼の女性観に影響を与えてはいないだろうか?

中川先輩に異を唱えるわけではないが、非定型精神病説に愛着障害説を加味したくなる理由はそんなところにある……周期的に襲う彼の狂気が彼の人格に深みを与えたのは認めざるを得ない。一方で「不幸な生い立ちによる愛着障害を抱えていなければ、夏目金之助は生まれても、夏目漱石は存在しなかったであろう」という岡田尊司の主張[7]に、つい軍配を上げたくなる。

たえず「生きているのがつらい」、社会に対して異性に対しても「不器用」を訴える青年が受診する際には、背景の精神病理はともあれ、「あの国民的文豪・漱石もそうだった。

その悩みを克服すべく数々の名作が生まれた」とカウンセリングに利用させて戴こうと思うこの頃である。

補遺――

その二十七歳の男性は二十歳代はじめにサッカー選手になりたいという希望に挫折して帰省。以来、何をしても生きている意味を感じ得ない日々だと語る。

こんな人生……もう終わりにしたいと思うが、死ぬ勇気も出てこない。そんな言葉に背後に座る両親がおびえたように居住まいをただす。

アルバイトにも挫折して、ここ二年間は引きこもりの様子である。

そうですか……ここ二年間は自室に……。

そういえばあの夏目漱石も二年近く引きこもりを疑わせる時期がありましたね。

「ええ！　そうなんですか？」。彼の「それがどうした!!」という無関心さに比して、両親の表情には一瞬安堵のそれが浮かぶ。

年譜によると、漱石は明治十四年一月、実母千枝を失っているが、その後四月には漢学塾である二松学舎に入り、十五年夏頃退学、十六年九月頃大学予備門の受験準備のため成立学舎に入学したことになっている。しかしこの二年余りの間は伝記的に不明な点が多く、小宮豊隆の評伝『夏目漱石』にも「漱石が二松学舎から成立学舎へ移る間には、およそ一年半の月日が挟まっている。この間漱石が何処で何をしていたか、まるで解らない」とある。また荒正人によって作成された詳細を極めたとされる『漱石研究年表』でも、この間の彼の生活状況はほとんど不明である。

引きこもりの彼にはすでに某精神科でアスペルガー症候群の診断を受け、「異性に縁がない、女性の心が分からない」との悩みもあった。

ところで、実は漱石にも女性が苦手で苦戦するところがあったのは知っているかい?

すでに著名人・文豪と評されるに至った漱石は京都祇園で接待を受けたことがある。そこで知り合い、懇意になった旦那持ちのお茶屋の女将で「磯田多佳女」という女性がいた。彼女から「明日、北野の梅を見に行こう」と誘われ、当日すっぽかされた。この小事件は漱石を「馬鹿にしている」と憤慨させ、彼の心をいたく傷つけたようで、後日『硝子戸の中』が届かない」という彼女からの問い合わせに対して以下の返事を送っている。(8)

「それが届いていないとするなら天罰に違いない。お前は僕を北野の天神様へ連れて行くと言ってその日、断りもなしに宇治へ遊びに行ってしまったじゃないか。ああいう無責任なことをすると決していいむくいは来ないものと思っておいで」

その後の手紙にも「私があなたをそらとぼけているというのが事実でないとすると私が悪人になるのです。それからもしそれが事実であるとすると、反対にあなたの方が悪人に変化するのです」「悪人の方が非を悔いて善人の方に心を入れ替えて謝るのが人格の感化というのです」と追い打ちをかける。

どう思う？　彼女には贔屓になっている上得意の客がくれば、すっぽかすのも営業上の必要、生活がかかっている。「空とぼけてごま化して置く」以外にはない相手の立場が理解できていない。ちょっと漱石君にもなにやら発達障害っぽいところがあるのが解るだろうか？

たまたま「漱石」についての所感が参考になれば……。


「先生の五十年ぶりの答案という訳ですね」二十七歳の彼が突然発言しだした。

「それでは自分の娘を漱石さんの嫁に出しますか？」

「うーん、それはちょっと……」

『行人』での一郎の告白「一度打（ぶ）っても落ち着いている。二度打っても落ち着いている。三度目には抵抗するだろうと思ったが、やはり逆らわない。（中略）君、女は腕力に訴える男より遥に残酷なものだよ、僕はなぜ女が僕に打たれた時、起（た）って抵抗してくれなかったと思う。抵抗しないでも好いから、なぜ一言でも云い争ってくれなかったと思う」からは、境子夫人のような強靭な娘でない限り……許してもらいたいな……。

「臨床精神科医と父親の立場は別物」ということですか？

「それでは結論に矛盾があり……」

「五十年前の京大入試に失敗するはずです。しかも試験時間の一時間半はとうに過ぎています。文字数超過は言うまでもありません」

落第の極め付きは最後の二行です。

「社会に対しても、異性に対しても『不器用』を訴える青年が受診するさいには、『あの国民的文豪・漱石もそうだった。その悩みを克服すべく数々の名作が生まれた』。皆、悩んで大きくなった」

はやめにしてください。


「そもそも漱石のような才能がある訳でもない、悩んで大きくなれる訳でもない私たちに、そんないかにも気休め的な結論と本音では、カウンセリングにはなりません。まして何もプラスアルファのないままの私たちの恋愛偏差値はどうなるのです？」

と吐き捨てるように、その男性は診察室から立ち去った。

（1）太田雄三『ラフカディオ・ハーン　―虚像と実像―』岩波新書　一九九四
（2）江藤淳『漱石とその時代　第二部』二五二―二五三ページ　新潮社　一九七〇・八
（3）江藤淳『漱石とその時代　第一部』二七一ページ他　新潮社　一九七〇・八
（4）夏目鏡子『漱石の思い出』四三ページ　文春文庫　一九九四
（5）新潮日本文学アルバム『夏目漱石』新潮社　一九八三
（6）正宗白鳥『文壇人物評論』中央公論社　一九三二
（7）岡田尊司『愛着障害』光文社新書　二〇一一
（8）江藤淳『漱石とその時代　第五部』新潮社　一九九九

（二〇一五年「同誌」四十一号）

有島武郎

外語大時代の一友人が久方ぶりに来道した。ニセコの温泉でともに一泊する際に、「有島武郎記念館が近くにあるのを知った。ついでに寄ってみたい」と言う。

ニセコの駅から羊蹄山に向かって歩くこと一時間余り、アンヌプリを見上げながら左折して程なくその記念館はあった。有島牧場の事務所跡に建つ同記念館の屋上からは羊蹄とニセコ連山が一望される。旧有島牧場を前庭とする、その眺望の素晴らしさは道内でも屈指のそれと言って良いであろう。

ところで館内の有島武郎の年譜を見るにつけて驚いたことがある。札幌農学校在学時代、親友森本厚吉と定山渓で心中を図ったことがあると表記されていることだ。つい、彼の四十五歳で雑誌記者波多野秋子と心中に至る最期と重ね合わせてしまう。札幌農学校、アメリカ留学、帰国後の同校教授時代も含めて、黒百合会設立、遠友夜学校の運営、農場解放といった連綿として一貫した精力的な彼の活動に比して妙に馴染まない履歴である。

彼の代表作『或る女』では国木田独歩元夫人、佐々木信子をモデルとした主人公は、独歩と離婚したのち、アメリカ滞在中の婚約者と結婚するために横浜を発つが、船内で事務長と恋愛に落ち、そのまま帰国して、妻子ある彼と生活を共にし始め、世間の非難を浴びつつ、若くして病死してしまう（実際のモデルは事務長と一女をもうけ、彼が亡くなったあとも、日曜学校などをしながら七十一歳まで元気に生きた。『私はそんな人間ではない』と抗議したようであるが、その時有島はすでに心中してこの世にはいなかった）。

ともあれ、その筆致は実に一女性にある境界性人格障害、自己愛性人格障害等々、異常人格を表現してやまない。単にリアリズム文学の最高傑作の一つと言われるだけではなく、本邦屈指の人格障害描写にすぐれた作品と評価できる。いや女性を描いた本邦最初の文学ではなかろうか？　この作品に関する限り、その点では夏目漱石も森鷗外もかなわない。まさに日本のアンナ・カレーニナ（もしくはボヴァリー夫人？）と言いたい。

それに比して記念館で購入した遺作『星座』は農学校の青春群像を活写してはいるが、『或る女』の生々しく必死で壮絶な生涯に比し、どこか書斎的で何かが足りない。有島は第四作まで続く一大長編を意識していたようだが、第一作で頓挫する宿命をすでに帯びていたとしか思えない。創作意欲の減退がその時すでにあったのであろう。彼はひょっとして双極性感情障害Ⅱ型[1]であったのでは？　あこがれの新渡戸稲造の娘河野信子の結婚を知った時も、小樽近郊の浅里川温泉にこもって自殺するしかないとピストルを購入したことがある。初回うつ病エピソード発症が定山渓温泉で未遂に終わった心中企図であり、浅里川温泉へのピストル持ち込みもそのエピソードの再発ではなかったか？　大正五年妻と父の死に遭って以降、堰を切ったように六、七年、そして八年にわたり『カインの末裔』『生れ出づる悩み』『惜しみなく愛は奪ふ』などを相次いで発表。またその間『或る女』を完成した。この作品を頂点とする、いわゆる躁的な、目立った生活破綻はないものの、めざましい創作活動の時期を迎える。その後の四年にわたるうつ病エピソードの結果が軽井沢別荘での心中に思えてくる。姦通罪で告訴すると脅迫されたことが契機とされるが、自殺の口実を求め、波多野秋子に言い寄られるままにどこか投げ遣りに自殺したかのようにさえ思えてくるのは精神科医の職業病のせいなのだろうか？　友人の踏み止まるようにとの説得に対して「実は僕たちは死ぬ目的を以て、この恋愛に入ったのだ。死にたい二人だったのだ」と告げる。遺書の一つに「愛の前に死がかくまでに無力なものだとは此の瞬間まで思わなかった」と残されていたという。それまでの三人の息子たちに残した『小さき者へ』は一体何だったのだろうといぶからざるを得ない。その時、『カインの末裔』『或る女』に代表されるリアリズム文学作家は一体どこに行ってしまったのだろうか？

そもそも自分自身が関わる作品となると『小さき者へ』『生まれ出づる悩み』等、誠実とはいえ、読んでいるこちらが気恥ずかしくなるほどの思い込みの強さの露呈が垣間見える作家ではあるが……ちなみに『生まれ出づる悩み』のモデル、木田金次郎も皮肉なことに有島武郎が他界してから本格的な画家として大成するに至る。この作品に見られる有島の頭の中で作り上げた自分に対する窮屈な枠組みからついに解放されたのであろう。

それでは有島武郎には治療薬として炭酸リチウムを飲んでもらえれば良かったのでしょうか？　それともさらにラモトリジンを追加処方する？　いやここはmECT[2]しか……。

でもやっぱり彼には『或る女』を凌ぐ作はその後できなかったような気がいたします。

「それではその時心中して良かったというのですか？」

自殺学の専門家からクレームがつきそうです。
日頃学生に自殺予防を講義しておきながら矛盾ですね。この矛盾は有島武郎愛読家として正直に認めざるを得ません。

この点に関わる解決策の一つとして以下の実弟とのインタビューをもってかえさせてもらいます。

記　者：里見弴さんは有島武郎の実弟ですよね。
里見弴：そうです。
記　者：本日は弟から見た兄、有島武郎をお聞きしたいのですが……。とりわけ、なぜ彼が心中したかをお聞きしたかったのです。
里見弴：失踪十日ばかり前の最後に七里ヶ浜の海岸で兄と出会った時の日記は今でも鮮明に憶えています。
「ふと見あげた兄の顔つきが、私をはっとさせた。眼の瞳は焦点なく、じっと据わって、寂しく、もの悲しげだった。いまだ嘗(かつ)てこの兄に見たことがないばかりではなく、誰の顔にもめったに見られないほどの苦悶がまざまざとそこに感じられた。何か容易ならないことが起こっているな、続いてそう思った。気が付いてみると兄にはつきものの、明るい、ほがらかな高笑いが今日に限って一度も聞かれなかった。足腰も力なく見えた。(言うな、今に、きっと何か言いだすな……)

砂丘から松林に入っても兄はまだ黙っていた。

「兄さん！」その一言が、どうしても口からそとに出なかった……。

あれはですね、秋子の夫から姦通罪で告訴すると脅迫されたのが契機と言われておりますが、実際にそのまま告訴され、直ちに逮捕されていれば兄は助かったのかも知れません。収監されて二年という月日を経るに従い彼の希死念慮は軽快し、出獄していた時には、同床異夢だったことに気づき、再出発していたでしょう。

その点では、秋子の夫には金で解決するなどという姑息な手段ではなく、姦通罪で収監させ、それも憎しみのあまり、社会的生命を抹殺させかねないほど刑期を延長するべく、もう一頑張りして欲しかった。

それで後々、某作家に『失楽園』のモデルにされることもなかったでしょうに……。

それにしても里見惇などという作家は、今では聞いたこともないと言われるのに比して、あの有島武郎と心中した美人雑誌記者として波多野秋子の名前が後世にまで鮮烈に残るのは実にいまいましい……。

記　者：小津映画の「秋日和」「彼岸花」の原作者としてスクリーン上、あなたの名も一瞬、見かけましたが……。

里見惇：今では小津安二郎監督の名は残っても、原作者にまで話題にされることはほとんどありません。ましてや兄の情死に触れただけでも注目されて良い私の小説『安城家の兄弟』は絶版のみならず、札幌市立図書館の書架にすらない。同図書館地下の倉庫に埋もれているのがやっとの存在ですよ。有島武郎を利用して軽井沢の別荘で、最も手っ取り早く名を残したのが波多野秋子なのです。兄から誰よりも「惜しみなく愛を奪った女性」として……やはり悔しい……。

いや私の独り言はともかく、秋子の夫には是非、より怨念の塊になって夏目漱石の後継者実現に協力して、日本文学史を変えて欲しかった。あの北原白秋でさえ姦通罪でたった二週間収監されただけで、その後、歌う喜びに満ち溢れた天稟の童謡作家に大化けしたじゃありませんか？

著者の想像インタビューであることをお断り申し上げます。

（二〇一六年「同誌」四十二号）

（1）双極性感情障害II型　抑うつ状態と軽度の躁状態を繰り返す感情障害の一型。抑うつ状態に純粋に躁状態を繰り返す双極性感情障害I型と区別される。

（2）mECT　無痙攣通電療法　薬物療法に対して治療抵抗性、希死念慮の切迫した感情障害に対して治療の選択枝として施行される。

島崎藤村

裁 判 官：島崎藤村さんですね。
島崎藤村：はい
裁 判 官：実はあなたの姪である島崎こま子さんからの訴状があります。
島崎藤村：なんですか？　訴状というのは……。
裁 判 官：彼女の十九歳から八年間にわたる青春を奪ってきた、あなたの三十八歳からのセクハラ行為に対して慰謝料を請求するものです。
島崎藤村：このいまわの際に及んで、古疵に触れられるのも心外です。よほど私に困ってもらわなくては、ならないのでしょうか!!
裁 判 官：実は私も、歌人としてのあなたの大ファンでして、「椰子の実」「小諸なる古城のほとり、ひとり遊子悲しむ」という歌を愛唱するものです。高校時代には『若菜集』の冒頭の「新しき詩歌の時は来たりぬ」というフレーズを今も新鮮に憶えております。
そんなあなたが姪との近親相姦に陥るというのは信じられないのですが……。

検察官：裁判長！　さっそく尋問を開始させてください。
あなたには前科がありました。未必の故意というべき……。
まず事実上の小説家デビュー作というべき『破戒』の成立過程から始めます。

島崎藤村：あれには被差別民と知れたある長野県尋常師範教師が教員夏季講習会の際に宿泊の予定を断られた事件(1)が現実にありました。それを小諸の隣人から知ったのが契機でした。この被差別事件は長野県教育界全体に拡大して長野県尋常師範から排斥する動きになり、彼は翌年、さる県へ転出しました。幼時から成績優秀、中学、師範を経て、長野県師範の教諭となるも、同僚から出自を疑われてのことです。主人公「丑松」に自分の「島崎家にまつわる暗い歴史を抱え込む」精神的抑圧を重ねたかったのです。私の父正樹は五十歳を過ぎてから幻覚・妄想状態を示し、寺に放火して捕らえられ座敷牢の中で死去しました。病気はおそらく晩発性の統合失調症であったと考えられています。姉の園子も夫の放蕩に悩まされ、梅毒による進行麻痺から精神病院で死亡しましたが、若い頃の自殺企図の既往といい、父と同じ統合失調症の疑いが強い。長兄とともに遊学のために上京したのは私が数え年十歳の時でしたが、島崎家の衰運を回服する期待と願いが込められていたとはいえ、子供心ながら不自然な想いを抱いておりました。奇行の目立ち始めだした父親の傍を離れ、島崎家の影を誰にも口外できないまま小児期・青年期を過ごしてきたのです。

自ら出自を告白し社会的差別に対して挑戦し憤死する猪子蓮太郎と敬愛しながらも同一行動をとれなかった丑松の二人を描くことを通して、「世の中」と激突し自死した北村透谷とそれまでの私への鎮魂歌として描きたかった。教室の板敷に額をつけて、生徒たちに、身分を隠していたことを詫びるかたちでなされた丑松の「告白」（文芸評論家たちからのちに「屈服」と批判されましたが……）とその後のテキサス行は将来の飛躍を心に誓う私自身だったのです。

検察官：それはともかく、あなたは岳父から四百円、地元の豪農から百五十円の借金をして、すべてを『破戒』の自費出版のために使っている。それでたとえ薄給となったとしても、唯一の生活の糧であった教職を辞めて、無収入のまま『破戒』の完成半年前に一家を上京させていますね。『芽生』では三人の幼い女の子が相次いで死ぬ。その子たちの病気の原因が、自分の仕事の完成のために、生活を切り詰めさせ、粗食を強いたことにあるのを、作中の「私」即ちあなた自身は知っている。だがあなたには彼らの不幸にさしたる心を動かされた形跡がない。「芽生えは枯れた。親木も一緒に枯れかかって来た」と表現する。むしろ三人の死後に「何を犠牲にしても、私は行けるところまで行ってみようと考えた」と洩らす。『破戒』の完成を期していた頃のことですね。「家族を犠牲にするに値する作品か」と志賀直哉が『邦子』[2]で主人公に罵らせていますが、作品の評価はともかく彼の主張はその点を穿(うが)ってやまない。

検察官：次の罪科について触れます。さらには最初の妻も栄養失調に陥れる。これも確信犯めいています。『家』では「何時までたったら、夫と妻の心の顔が真実に合う日があるだろう」という嘆きがしばしば繰り返される。「人妻などにはなるものではない」というかつての許婚男性宛てへの妻の文を発見して言うに言われぬ失望に陥る。そのあげく、家庭を解散して自ら妻とその相手（すでに妻の妹の婚約者になっていたはずだが……）を添わせてやりたいと言い出す。和解後も妻に実は他者だった「不思議な顔」を発見し、その心を信じられなかったあなたは、彼女を凝視し、淋しい心を抱く。子供は次々と生まれる一方で、「自分は旅人で、お前は宿屋のお内儀さんだ」、と本音とも悪い冗談ともとれるやりとりを交わす。東京に転居してからも、本心を知ろうと妻の寝顔を見つめ、食事中にも彼女の顔をじろじろと見る癖をやめることができない。

さらには「一体お前はどういうつもりで俺の許へ嫁に来た」と問い詰める。「妻は彼の奴隷で、彼は妻の奴隷であった」と性的な結合は、二人の身体を「奴隷」の鎖でつないだけれども、お互いの心は依然として開かれていないいまだった。そのように表現していますね。妻フユさんは四女を出産した直後に亡くなっている。「父さん、私を信じてください」とあなたの腕に顔を埋めて泣くフユさんに対して、あなたは何も言葉を返さない。

島崎藤村：すでに後年、再婚する静子に語ったように『家』のそのようなやり取りや場面は本当のことではありません。

検　察　官：そうでしょうか？　あなたの小説は、『破戒』以外はほとんど全部が島崎家および自分の実生活の正確な記録になっている。近年稀に見る私小説作家に思われますが……むろんあなたに都合の悪い体験は削除しているとしても……。

島崎藤村：姪との関係はセクハラではありません。いかに近親相姦と言われようと、相思相愛の結果生じたものです。小説『新生』を読んで戴ければ分かります。

検　察　官：あの小説では、あなたの最初の妻であるフユさんが亡くなって、残されたお子さんたちの面倒をみるべく、次兄の娘姉妹を手伝いに来させていましたね。そして姉が結婚して出て行ってから偶然にそのような成り行きになったと描かれていますが……。次兄の次女であるこま子さんの「悲劇の自伝」(3)からは、あなたとの関係が始まった時点では、その姉のひささんがまだ一緒だったことになっています。あなたには姉が出たあとには、姪であるこま子さんを正式にものにしようという下心がその時すでにあったとしか思われない。

『新生』では触れられていませんが、彼女の後日談には「『新生』は殆ど真実を記述しているが、叔父に都合が悪い場所は可及的に抹殺されている」とされてあります。「真夜中、就寝中に気が付くと叔父の顔が目の前にあった」との彼女の回想（島崎藤村の姪が生きたもう一つの『夜明け前』）がありますが如何ですか？

島崎藤村：……。

検察官：あなたにはすでに小説『家』に示されたように叔父の立場を利用したとしか思えない前科を見逃せません。妻が里帰りをした夏に、長兄の娘「いさ（作中ではお俊）」を月下の散歩に連れ出し、彼女の手を握りました。あなたはそのことを妻に知られるのではと心配し、お俊にはことさら厳格にかまえる。

島崎藤村：「言い難き秘め事を」告白することによって旧家の血（私の父正樹には異母妹と関係した事実があり、母縫も祈祷師と通じ、その結果不義の子を産み、それが三兄です）を描くことが目的だったのです。

検察官：同じような行動様式はのちに妻となった島崎静子の回想「ひとすじのみち」に

明らかにされています。雑誌の編集を一人で遅くまでやっていた若い女弟子に向かって五十一歳のあなたは、「今日はお一人で遅くまでごくろうさま。ひとつお夕飯のお供をしましょう」と誘う。断られると帰りかける弟子を追って来て抱きしめ、唇を触れようとした。以後あなたの有能な弟子との愛人生活が六年間続く。

島崎藤村：これは島崎家に特有な血筋がなせる業です。

検 察 官：そうでしょうか？？　自分の優位にたつ立場を利用した現代でいえばパワハラ・セクハラではないですか？　妻の帰郷中しかもお俊の学校で「女子と修養」という講演で「梯子を掛けて高い処へ登る男を、下で支えるのが女である」と説く部分に、あんなエピソードのあとのお俊は批判的でしたね。極めつけはこま子さんから妊娠の事実を突きつけられ、留学と称してフランスに逃げたことです。さらには帰国後彼女とよりを戻す。そしてあろうことか、こま子さんの父である次兄との義絶やさまざまな波紋や軋轢（あつれき）を経て、彼女が台湾へ去るまでの経緯を克明に綴った『新生』を新聞小説として告白する。さしせまった罪の告白であると同時に、あなたがそれによっていかに救われていったかを語る「死からの再生」の記録として稀有な作とされていますが……台湾に追いやられたこま子さんは一体どうなるのか？　あなたにはその時、彼女のその後の後ろ暗い生活を余儀なくされる運命についての予見可能性と回避可能性の自覚がなかったとは言えない。「老獪なる偽善者」という芥川龍之介の有名な批判[4]を追認する余地が十分にあります。

さらにこんなエピソードがあなたにはありますね。新生事件で「島崎は自殺するのではないか」とあれほど心配してくれた親友、田山花袋が喉頭がんのために死去した。その臨終の二日前、あなたは苦しみにあえぐ花袋に向かって、「この世を辞してゆくとなるとどんな気がするかね」と同氏に尋ねています。それに対して花袋は「誰も知らない暗い所へ行くのだからなかなか単純な気持ちのものではない」と答えたという（田山花袋記念文学館）。一説には文学者らしい冷徹な心を失わない人だと受け取る人もあるやもしれませんが、友人の臨終に際しての心境まで聞き出して作品化しようとする情性欠如者（反社会性パーソナリティ障害）を疑わせるあなたの人格をよく表していませんか？　のちにこま子さんからの逃避としてのフランス生活から自分の血に流れる父の運命に想いをいたすことから『夜明け前』が創作されたとしても、こま子さんの失われた青春が贖われるべくもありません。

　馬籠永昌寺には、あなた一家の墓がありますね。島崎春樹（藤村の本名）とだけ刻まれた細身の、丈も高くはない石柱が、等しい大きさの初めの妻冬子の墓と、幼くして死んだ三人の娘を合わせて葬った墓とに、左右から寄り添われるように立っています。(5)　あなたには後に五十六歳で再婚する静子、三人の息子、さらには末娘もいるではないですか？　それでいて永昌寺の墓では静子以下の残された家族の想いを裏切ってでも偽善を貫こうとする。

裁判官：島崎藤村さん！　あなたの『夜明け前』は維新後、木曽住民の救済に私財を投げうった本陣島崎家の没落とその当主であった父島崎正樹の狂死に至った運命に対するあなたのレクイエムであり、かつ明治維新をとりまく草莽の人々から描くというその手法上の斬新さは認めます。ですがその『夜明け前』と『破戒』以外は自由なフィクションを放棄し、空想の翼で羽ばたくことなく、近年稀にみるほど自伝的内容にこだわり、それを自分の都合の悪いところは巧みに抜いて私小説化している。その小説作法は周囲のモデルとなる人物を糧とするいわばハイエナの文学と言って良い。

のみならず、前妻フユと三人の子供の死、さらにこま子という最大の犠牲者をだし、そして最後の大作『夜明け前』も後妻静子の夫婦というよりも助手、秘書、兼看護師という立場、犠牲のうえに成り立たせている。すなわちあなたはその生涯のなかで、何人もの屍のうえにおのれの文学を築きあげた。

判決は「guilty!!」。

ただし最期に『夜明け前』であなたの人生を締めくくったことからあなたを単に「老獪なる偽善者」というよりは「実にしたたかな偽善者」という称号だけは与えたいと思います。

昭和十八年、島崎藤村が「涼しい風だね」と呟き、亡くなる直前の架空の裁判記録から聴取したものです。

（1）東英蔵『大江磯吉とその時代』平成十二年
（2）志賀直哉『邦子』文芸春秋　昭和二年
（3）島崎こま子「悲劇の自伝」　雑誌「婦人公論」昭和十二年
（4）芥川龍之介『或る阿呆の一生』雑誌「改造」一九二七
（5）新潮日本文学アルバム『島崎藤村』新潮社　一九八四

（二〇一七年「同誌」四十三号）

志賀直哉

記　者：父の立場からの志賀直哉さんの率直な感想をお聞きしたいのですが……。
志賀直温（なおはる）：あれの人生はただの我儘息子のそれですよ。一生定職につかず親の財産というすねをかじりながら、今でいう「引きこもり息子」の文学ですよ。引きこもりの舞台が尾道であったり松江、奈良さらには京都であったりするだけで……。私との葛藤が唯一積極的なテーマになりましたが、それが解消されたら、その後に見るべき作品がなくなるのはその証拠です。私が彼のいう「和解」まで乏しい文学的材料に手を貸してやったわけです。
記　者：彼らには志賀直哉を読ませれば元気が出るでしょうか？　まあ現代のひきこもりの青年に希望と力を与えるかもしれませんが……。
志賀直温：ドストエフスキーの『罪と罰』を読ませるよりはましでしょうが……。ただ一つ間違うと「うぬぼれ」を助長し、殺人には至らないまでも、家庭内暴力が激化する可能性は否定できません。

以下、父直温は堰を切るように語り出した……。

最初の息子との衝突は夏休みに友人と奈良・京都の旅行をするからと言って私から旅費をもらおうとした時でした。

「貴様は誰に断ってそんな約束をした！　順序が違う。おれの許しを受けた上での約束ならともかく、最初に約束をして、それから俺の許しを受けに来る……」

彼は少し青い顔をして、じろじろと私の顔を見ながらまだ黙っていました。この無言の抵抗がいっそう私をいらだたせました。

「すぐ断れ。俺は順序の違ったことは大嫌いだ」

「じゃあ、私が正しく順序を踏めば許してくださいましたか？」

「それは分からん。許すかもしれないし、許さないかもしれない」

こうなると私も意固地になってしまう。

「寺や美術品を見て歩きたいとか、そんな暇人の年寄りの道楽旅のようなものには一文の金でも出してやるのが嫌なのだ。第一そんなことを親がかりの身で平気で言い出すことから気に入らない。貴様がちゃんと独立した生活ができるようになってからなら、何をしようと不賛成は言わん。ただ俺に食わしてもらっている間はそういう勝手なことは許さん」

「しかし僕は行きます」

「勝手にしろ」

息子はまもなく古本屋を呼んできて、あるだけの本を売り、その晩友人と共に旅に出かけてしまいました。


息子は自分の短編小説を集めて自費出版しようとしたことがありました。そのために五百円出して欲しいというのです。

「全体貴様は小説など書いていて将来どうするつもりだ?」

彼はむっとして黙ってしまいました。

「どうだ。貴様はこれから自活してみては……」

私が言い出しました。彼は胸をたたかれたように、私の顔を見ていましたが、すぐ、

「それなら自活しましょう」

と答えました。

「一時の感情で、すぐそういうことを言う……」

言い出した私の方がかえってこんなことを言いました。それほどに息子に自活の能力がないことは私にも明らかだったのです。

「一時の感情ではありません」

「そうか。そうでなければいいが……ほんとうにやってみるか」

「ええ」

「それなら、よかろう。金は五百円だけはやる」

彼には出版には百円出しただけで、あとは出版社に出さすことにしたので、しばらく食うにこまることはなかったのです。翌日私にいとまごいもせず生活費の安い田舎へ行って一人静かに仕事をすると、瀬戸内にある小豆島に向かったのです。妻からそれを聞くと
「ああ、とうとう出て行ったか」と呟き、そして妻に向かって思わず「どうしよう？ど

うしよう?」を繰り返していました。

息子が『大津順吉』という小説で百円を手にしたと報告に来た時のことです。私はいかにも興味のない調子で「そうか」と言いました。その小説は、彼が自家にいた千代という女中と結婚しようとした、その時のごたごたをそのまま材料にしたもので、中に出てくる父としての私は分からず屋のいかにも頑固な物質主義者になっているのです。

こんな私小説でデビューできるのなら彼の将来はたかが知れている。とりあえず彼の文学の開花のためにはあくまでも、立ちはだかるさらなる壁にならなければならないと以来決心したのです。

以下、『大津順吉』に対する父としての感想を述べます。

『大津順吉』は満二十九歳にして無為徒食にあった息子に初めての原稿料を持たせた作品です。巷ではこれでもって作家としての市民権を獲得したとされる。だがこの作品が事実上の処女作であることによって昭和に入ってから特に戦後の作品に昔日（せきじつ）の面影がなくなるという彼の運命は決まっていたのです。

あの作品からは父に反抗しながら、現実生活ではやはり父をあてにしていたことが見事に暗示させられる。

富豪の令嬢K・Wにはあれほど優柔不断であった息子が女中の千代に対しては極めて積極的、行動的である。相手は上下関係の枠によって捉えるべき位置関係にいる、自己の支配下にある我が家の女中である。「そんなら、もし乃公（だいこう）が結婚を申し込んだら貴様は承知するか」と高圧的な調子で迫る。そしてその日のうちに〈接吻をしてやった〉とある。まるで用事を言いつける程度のエネルギーしか要さない上下関係の自然の流れというべきであろう。積極性、行動性のゆえではない。意図がどうであれ、断じて恋愛ではない。二十四歳の自意識過剰の青年の強靭な性欲のはけ口が、身近で便利な存在であった〈色の浅黒い十七、八の女中〉である千代だったのです。息子はこれを恋と思い込んでいた。父に対する反抗を通して、自我を貫徹せんとする息子が勇士気取りでいることが許せないのです。結果としての恋愛の衣装をまとった性欲である「恋愛まがい」に彼は気が付こうとしない。

連れ去られ、憤怒のあまり鉄亜鈴物を叩きつけることはできても、その後自立して千代を奪い返そうとする動きはまったく見せない。千代を彼から救ったのは実は私なのです。識者に〈志賀なりのたたかいの姿〉〈一本気の反抗に生きる〉〈武勇伝〉などと評しているる向きがあるようだが、とんでもない。こんな小説で市民権を得るなどとは、本邦の当時の小説レベルを恥ずかしく思うのは私だけだろうか？

彼に幸いしたのは讃岐へ旅行中屋島に泊まった晩、寝付かれず、色々考えているうちに、もしかしたら自分は父の子ではなく、祖父の子ではないかしらという想像をしたことです。彼が十三の時に三十三で亡くなった母の枕頭で、祖父が「何も本当に楽しいということを知らさず、死なしたのは可哀そうなことをした」と声を出して泣いた。父はその時泣かなかったというのがその理由です。この印象にもとづく私に対する反感を通して、自分をそういう境遇の主人公にみたてて、それを主人公自身だけ知らずにいることから起こる色々な苦しみを書いてみようかと想いついたとのことです。この思い付きが「時任謙作」から『暗夜行路』への移転となった。

まあここでも私が『暗夜行路』出生に一役かったことになります。

私は現代の巷のひきこもりの青年たちに言いたい。両親、とりわけ父との葛藤を告白して文章化しなさいと。

『大津順吉』は（この程度の私小説でも文学界にデビューできると）君たちに勇気と希望を与える、一大傑作？なのです。

自己肯定のすさまじい自我肥大病息子の作品で、ただ一つ素直に読めるものがあります。山手線の電車に跳ね飛ばされて、背中に傷を受けたことがありました。脊椎カリエスになれば致命傷になりかねないと医者から脅されて直後の養生先で書いた『城の崎にて』です。三日間まったく動かずにうつむきに転がって死んでいる蜂、死ぬに極まった運命を担いながら全力をつくして逃げ回っている鼠、投げ込まれた石で偶然にもたらされたイモリの死が淡々と透徹して描かれている。その光景描写を通して息子にしては奇跡に近いほど「死ぬはずだったのが助かった」という生に対する謙虚な想いが的確にしかも簡潔に表出されている。

両親との葛藤に加えて負の体験が加わるとこんな良い文章が書けるのですよ。ひきこもりの皆さん!!　もっともっと大きく挫折して頑張ってくださいね。

志賀直哉の父親に成り代わり妄想してみました。

（二〇一八年「同誌」四十四号）

太宰治

北大医学部精神医学教室教授から年一回の特別講義を依頼されていた頃の話である。

私の担当は「自殺と精神障害」だった。

午後の最初の時間に当たることが多く、かつての自分同様、いつのまにか舟を漕ぎ出す学生が増えてくる。

開口一番、学生への問いかけは以下のそれから始まった。

橋の欄干・堤防から川に飛び込もうとする者を見かけたら君たちはどうする？

………

制止する理由は自殺者の九五パーセントが直前に抑うつ状態等、精神病状態にあると心理学的剖検で明らかにされていることだ。(1)


自殺の最大の危険因子は何と思うかい？

それは自殺未遂歴とされている。
例えば玉川上水に入水で自殺した太宰治はその前に四回の既往がある。

するとある学生が突然挙手した。
私たちはその既往歴と精神病状態を想定してそんな人を発見したら制止して、抑うつ状態を治療すれば良いのですね。

……一瞬、答えに窮した。
太宰治の死の前日まで書かれた未完の絶筆『グッド・バイ』は決してそんな状態にあった作品とは思えない。むしろそれまでの『斜陽』『人間失格』等の諸作品とは異なる新たな境地を開拓しつつある。「日本にかつてないユーモア風刺小説が大きく花開きかけていた」と文芸評論家奥野健男の語る通りである。[2]
謎である。
そして五回の自殺企図で三回までも女性を巻き込んでいる。

「まあ例外の五パーセント枠としておこう」と言葉を濁して、その時はさっさと次の章に進もうとした。

今から思うと私も実に変な高校生だった。

修学旅行中東京に向かう列車内で一人太宰治の『人間失格』に読みふける。冒頭の「恥の多い生涯を送ってきました。自分には、人間の生活というものが、見当つかないのです」には何かいきなり心を鷲掴みにされるかのような感があった。

この生徒が後年、無事に結婚して子供にも、孫にも恵まれ、七十歳を過ぎてしまった。

そんな齢になってから、五十年以上前の自分の奇癖はともかく、あの時の講義の五パーセント枠は正しかったのだろうか？　ふと気になり、太宰治の作品を処女作『思ひ出』から絶筆『グッド・バイ』に至るまで改めて読み直した。

また当時の医学生の問いかけが幻聴のように鳴り響く。

「『太宰さん！』新たに始まった朝日新聞連載小説は好評です。あなたの大ファンとして是が非でも『グッド・バイ』を書き終えてからにしてください」

「こういう呼びかけによる自殺阻止でどうでしょうか？」

「うーん、なかなか良い筋を突いている……だが苦しい。この場合もちょっとグレイだが五パーセント枠にしておこう」

「それでは自分たちがこの講義を受ける意味はどうなるのでしょう？」

「こんな結論のない精神医学では、まるで医学の体裁をなしていないではありませんか！私たちは医師国家試験の準備で忙しいのです」

突然の想定外の質問と抗議で、慌てふためいたように以下のような言い訳めいた解説を思わず開始してしまった。

それでは単に反復性うつ病性障害[3]とだけで説明しきれない太宰治をとりまく精神医学的諸問題をとりあげてみよう。

一　生育歴の問題

津軽の名門大家族のなか病弱だった実の母ではなく乳母や叔母に育てられた。父親は衆院議員として東京の別宅にいることが多く、影が薄かった。両親の愛情と無縁で、祖母に育てられて同じく自殺した三島由紀夫に何やら似ている……。

それに病弱で徴兵免除になったことも……。

二　自己愛性人格障害に加えて薬物依存症＋境界性人格障害の疑い

高校時代の友人に自作を否定されるとすすり泣く。

左翼運動を続けながら、放校処分を受けた仲間を裏切り、睡眠薬ブロバリンによる自殺未遂行動で「神経衰弱に罹りたることあり」とされることで、弘前高校退学を免れる。ただし学籍簿にはこうも記されているという。[4]「正直さを欠く（外面甚だ正直）」。

弘前高校時代フランス語をまったく履修していないのにあえて東大仏文科に入学。

上京ほどなく、「会ってくれなければ死ぬ」という手紙で井伏鱒二を威かす。[5]

ほとんど授業には出席せず、生家にはまじめに学業に励んでいると嘘をついて、学費をせびりにせびる。授業料未納で除籍されるまでがんばって五年半「東大生」を演じた。除籍がばれ、仕送りが断たれそうになり、就職試験にも失敗したため、鎌倉山で縊首を図るも失敗。


腹膜炎の痛み緩和から始まった鎮痛剤中毒治療で入院した武蔵野病院では、病室のカーテンに兵児帯をひっかけて首吊り自殺を試みる。

「突然の感情の変化が読みにくく、誇張的」とのカルテの記載があり、薬物依存症に新た

な診断名として「psychopath（サイコパス、精神病質）」が加わる。(4)

『人間失格』では彼の分身である主人公大庭葉蔵に「誰にも訴えない、自分の孤独の匂いが、多くの女性に、本能によって嗅ぎ当てられ、後年さまざま、自分がつけこまれる誘因の一つになったような気もするのです」と女性と数々の事件を犯してもやむ得ないことだと弁明させる。「自分は完全に、人間でなくなりました」と宣言しておいて、最後にバーのマダムにこう言わせる。「私たちの知っている葉ちゃんは、とても素直で、よく気がきいて、あれでお酒さえ飲まなければ、いいえ飲んでも、……神様みたいないい子でした」

女性を道連れに巻き込む悪人ではなく純粋な魂ゆえに結果的に人を傷つけ自らも傷つくと、読者の心に刻み付けさせる自己肯定で終わる。この小説はまさに最後のこの表現のためにあるといって良い。

何やら初期の作品『葉』の冒頭にあるフランス象徴詩人ヴェルレーヌの詩を彼が恣意的に創作した箴言「選ばれてあることの 恍惚と不安と二つわれにあり」とともに自己愛的な彼の人格を余すことなく伝えるくだりである。

既遂直前の遺書には薬物依存症治療のために東京武蔵野病院入院を説得し、媒酌人まで務めた井伏鱒二に対して「井伏さんは悪人です[4]」と記す。

三　自殺依存症・心中依存症？

大学に入った、小山初代との結婚直前の年にカフェの女給田部あつみと心中未遂、自らは未遂で終わるも、彼女をブロバリン大量服薬で死なせてしまう。

小山初代と心中未遂のうえ別れる。初代を離別するために打った狂言も否定できない。

津島美知子との二女里子誕生となる間、『斜陽』の日記提供者としての太田静子に近づき、治子誕生となる間、山崎富栄と知り合い、心中・既遂に至る。

自殺は口癖でもあったし、実際に上述の未遂を繰り返した。その死をもてあそぶ過程で、日常と非日常の境目を生きる自虐の快楽を知ってしまい、行き詰まりのたびに苦痛を伴う快感を求めるという依存症に陥っていた可能性がある。実際に救命救急センターでは太宰のように自殺企図を繰り返す症例の中に次第に手段が過激になりついに既遂に至る症例を稀ならず経験する。

四　にもかかわらず木原美知子との結婚後の戦時中は不思議に安定期・充実期を迎える。

五　身体的終末期にあった彼の自殺をどうとらえるか？

昭和十二年（二十八歳）、肺結核発症
昭和十六年（三十二歳）、文士徴用の身体検査で肺浸潤のため免除
昭和二十二年十一月十八日から三日続けて喀血（三十八歳）、末期がん相当の当時の彼の肺結核

これらの臨床上のテーマと疾病が太宰治の言動には内包されているのです。それを肌で実感するのに太宰治の自殺企図をとりまく精神医学も悪くはない。

最後に川端康成の談話でこの講義を終わろう（もちろん私の真っ赤な妄想です）。

記　者：川端康成さん、太宰治さんはあなたが彼を第一回芥川賞選考からはずしたことを非常に憤慨されておりましたね……。

川端康成：あれには「作者目下の生活に厭な雲ありて、才能の素直に発せざる憾みあった」と品行宜しからぬという理由で外した記憶があります。そもそも芸術作品の評価をその作家の品行で評価するなどというのはナンセンスなのです。私の作品『みずうみ』『眠れる美女』などはわいせつすれすれの作品です。そんなことぐらい「小鳥を飼い、舞踏を見るのがそんなに立派な生活なのか。刺す」と彼からの抗議を読まなくとも分かっていた。

ただ、彼の噴出するような文章の才気に、羨ましく思ったことも事実です。あんな自堕落な私生活の人間にあのような読む者を惹きつけてやまない軽妙洒脱な天賦の筆力が与えられることへのあってはならないこととしての一種の嫉妬があったことも……。私の作品は自分でもあまり面白いとは思わないのです。

でも彼の作品はまったく語り口においても音楽を聞かせるように飽きさせない。まるで言葉の天才的詐欺師です。「心をつかむ」……後世においても多くの若者から圧倒的な支持と共感を得るのはこの男なのだ……『女生徒』『斜陽』を読んでみてください。これだけ女性の言葉を巧みに扱い、その心理に通暁（つうぎょう）した男性の作家はこれまでいただろうか!! いずれ私の作品は彼に抜かれる時が来るであろう。ただそこにある種の不潔な臭いを感じだしたのです。私に娘がいたら絶対に触れさせたくない。魔性のそれです。何か女性の運命を巻き込む負の連鎖で、最後に人間としてやってはならない禁じ手でまさに泥の花を咲かせようとする。その確信は上述の抗議文が無視されるや、一転して「芥川賞を下さいませ」「私を見殺しにしないで」と懇願する卑屈な内容の手紙で強固となりました。それを恐れて、あえて社会派という美名をつけても石川達三の『蒼氓』を最初の芥川賞に推薦したのです。

その後の彼が、自殺という形で人生を終結したのは不謹慎ながら犠牲者がもうこれ以上出ないという意味でも、なにかほっとする気がしないでもありません。

実は妄想＋本音です。私も田部あつみ、山崎富栄の父や祖父の立場には絶対になりたくはない。

それにしても結婚して戦時中の安定期・充実期に『女生徒』『富嶽百景』『右大臣実朝』『走れメロス』『駈込み訴へ』などそれまでの私小説もどきから一歩突き抜けた諸作品をもたらせた彼の妻・津島美知子はなんと凄い女性なのでしょう。彼女の『回想の太宰治』(6)を読んでみてください。人格障害のトリセツ満載？？？

それでは学生諸君、元気でいこう。国家試験、頑張ってくれたまえ！　では失敬。

私たちにそんな暇があるわけがないでしょ！　ここは医学部文学科ではないのです！

ごもっともです。

その後、翌年度の精神医学教室への入局者が減ったという、密かに恐れていた噂は聞こえなかった。

一非常勤講師のこの崩壊寸前の授業でびくともしないわが教室の盤石さを有難くもしみじみと感じ入るに至った次第です。

（1）心理学的剖検　自殺者遺族のケアを前提として、自殺者の遺族や故人をよく知る人から故人の生前状況を詳しく聞き取り、自殺の原因や動機、背景を明らかにしてゆく研究手法
（2）奥野健夫『グッド・バイ　太宰治　解説』新潮文庫　一九七二
（3）反復性うつ病性障害　うつ状態を生涯の間に繰り返すうつ病
（4）猪瀬直樹『ピカレスク　太宰治伝』文春文庫　二〇〇七
（5）井伏鱒二『太宰治』中公文庫　二〇一八
（6）津島美知子『回想の太宰治』講談社　一九八三

（二〇一九年「同誌」四十五号）

永井荷風

―『正午浅草』再考―

江別で認知症初期集中支援チームを立ち上げて程なくのことである。地域包括支援センター職員から七十九歳の単身男性についての相談があった。発端はその男性行きつけの食堂店主からの通報だった。日頃、胃腸が弱いと訴え、その食堂のメニューに対しても注文がうるさかった元大学教授というその彼が近頃まったくそれを気にしなくなって決まった時間にカツ丼だけを食べに来るようになった。さらに風変わりなのは外出先にもボストンバッグに通帳・現金を入れて常に持ち歩く姿であり、加えてどことなく身なりも構わなくなったという。センター職員が訪問すると自宅はごみ屋敷になっていた。

それを聞いてふと大正・昭和の耽美派作家、永井荷風の最晩年を思い返した。

永井荷風の写真で印象に残っている一枚がある。新潮日本文学アルバムに掲載された、晩年の市川の自宅でのそれである。そこには背広姿ながら薄汚れた畳の上に蕭然（しょうぜん）と佇む彼の姿がある。地べたにおかれたお盆の上に急須、茶碗とともに無造作に箸、スプーンが置かれている。その前の畳の上に座り込んだ彼の脇にはマッチ、眼鏡が所在なげに点在し、その奥には紙くずの山が押しやられている。現代で言えばセルフ・ネグレクトの老人というべきか……。

同書巻末の遠藤周作のエッセイ「『荷風ぶし』について」には日記文学としての荷風の『断腸亭日乗』に触れている。三十年間にわたるこの日記で孤独な情緒的生活およびその雰囲気で向き合ってきた人生のポーズが、それを支えていた偏奇館と万巻の書がことごとく空襲で燃えあがることで遂に一気に崩れる。以後の戦後の日記は日記文学の情緒を失い、単なる日記に堕してゆく。そして小説家としての荷風は衰えていったと。晩年、歯が欠け、ベルトのかわりに紐を使っていたという彼の写真の延長は上記のものだったのだろうか？

エッセイの極めつけは下記の厳しい末尾である。

「そこには小説家、荷風ではなく、彼の文学を裏切った一人の老人のイメージがあるだけだ。年齢を取るのは実に悲しいことである」と。

永井荷風といえば、執拗な女体遍歴、一度執着するととどまるところを知らぬ吉原通い、日記『断腸亭日乗』には異性と交渉を持った日付には・印を打つ。それらの言動には聴覚過敏とともに何か発達障害っぽさを感じさせなくもない。

にもかかわらず彼には未だに私を惹きつけてやまないものがある。その源泉は何なのか……。

荷風は生涯を通じて、倦むことなく女性を描き続けた。『すみだ川』から、戦前の代表作『腕くらべ』『つゆのあとさき』『濹東綺譚』いずれを取っても、「女性に覆われた」世界であり、男性は女性たちとのかかわりにおいてのみ登場を許される。しかもそこでの女性たちは芸妓、カフェーの女給、私娼が多く、それ以外の女性像は締め出され、遠ざけられて、作品がなされている。例えば、あの有名な『濹東綺譚』ですら、娼婦お雪が「女房さんにして」と言い出すや、わたくしなる人物は彼女と別れる。「女は人妻となれば優艶さと穏健さを失う」と。ここにはわたくし即荷風の結婚観と秘かな女性一般への不信がはしなくも滲み出ている。「お雪をそれにするのは忍びないい」といじらしい心根をくみ取らず、自己保身への願いを彼女へのいたわりに転嫁する……、「身勝手もいい加減にしてよ!!」との現代女性から抗議の声が聞こえて来そうである。そんな、もはや顧みられることのない旧世界を扱った作品群にもかかわらず、未だに伝わってくる余韻は何なのか？背景に漂う季節感の移ろいへの言及である。さりげない自然描写でしかも時には主人公の心理をもそれで繊細に表現する巧みさは荷風以外にあり得ようか？


『すみだ川』

朝顔の花が日ごとに小さくなり、西日が燃える焔のように狭い家中へ差込んで来る時分になると鳴きしきる蝉の声が一際耳立って急しく聞える。八月もいつか半ば過ぎてしまった。

蟋蟀（こおろぎ）の声はいそがしい。燈火の色はいやに澄む。秋。ああ秋だ。

河の面は灰色に光っていて、冬の日の終りを急がす水蒸気は対岸の堤をおぼろ霞めている。流れて行く河水が何がなしに悲しい。

『腕くらべ』

初秋の空は薄く曇って徐（おもむろ）に吹き通う風時折さっと縁先の萩の葉の露をこぼしながら、虫の音はそれにも驚かず夜と同じように静かに鳴きしきっている。

『つゆのあとさき』

軒先のぶどう棚に、今がその花の咲く頃と見えて、虻の群れあつまって唸る声が独り夏の日の永いことを知らせている。

『濹東綺譚』

世間から見捨てられたこの路地にも、秋は知らず知らず夜毎に深くなって行くことを知らせていた。溝の角のそれらの葉は、廃屋のかげになった闇の中にがさがさと、既に枯れたような響きを立てている。

季節は彼岸に入った。大粒の雨は礫(つぶて)を打つように降り注いでは忽(たちま)ちやむ。萩の花は葉とともに振り落とされ、すでに実を結んだ秋海棠(しゅうかいどう)の紅い茎は大きな葉を剥がされて痛ましく色が褪せてしまった。

十月になる。もはや素足に古下駄を引き摺り帽子もかぶらず夜歩きする季節ではない。

一方で戦後になっては、往年の力量は見られないとされた。荷風のその後の作品については、評価が低く、読むに堪えぬものとすら言われる。

石川淳は晩年の荷風を「敗荷落日」「精神の脱落」とまで断じている。[1]

だが時代観察者としてのもう一方の眼差しは終戦直後になってかえって冴えわたる。この時代の市井の人々を彼ほど鮮やかに描いている作家はいないのではないか？　戦争による人生の喪失から、再生してゆく人間像を逞しく……。

『にぎり飯』では空襲で家も家族も失った男女が、戦後、新しく世帯を持って再出発する。『問はずがたり』『噂ばなし』『吾妻橋』では新たな生を受けとめるさまざまな女性の姿が活写される。さらには終戦後を生きる人間の現実と心の屈折を『買出し』『羊羹』で見事に映し出している。

空襲でそれまで支えとなった偏奇館と万巻の書を失い、疎開暮らしを転々と余儀なくされたことを彼は逆手にとる。この時代の世相を相手に、フランス自然主義の手法による短編で密かに日本のモーパッサンとして生まれ変わろうとしたのではと想像されてくる。結局は志その後果たせることはなく、七十九歳背広姿のまま万年床の中から半身を乗り出し、血を吐いて冷たくなっているのを通い女中の老婆によって発見される。二回の短い結婚生活をのぞいて生涯独身を貫いた。

また永井荷風ほど滅び行く風物に愛惜を示した作家はいない。彼は東京散策を好んだ。もちろんラジオの音に対する聴覚過敏から、それがやむ夜更けまでの日々の外出を必要としたのかもしれない。「わたしはいつも日和下駄をはき蝙蝠傘を持ってあるく」「裏町を行こう、横道を歩もう」で始まる随想風東京散歩記『日和下駄』では江戸切絵図を懐にしながら失われた江戸への追慕のみならず郷土としての東京への愛情が示される。

彼はアメリカ、フランスと外遊していながら本邦では戦災で岡山に疎開した以外は一切、東京から離れなかった。しかも山の手に居を持ちながら、好んで出向いたのは東京の寂れはてた時代に取り残されたような下町だった。『濹東綺譚』が生まれた玉の井も当時の場末である。人嫌いの彼も、陋巷（ろうこう）のたたずまいは愛してやまない。次々と女性は棄てても、好きな町々は決して裏切らなかった。それが浅草であり、深川、吉原や玉の井だった。

変わりゆく東京に失望し、これらの街にこそ江戸の残り香を求めて……そこに忘れさられた自然・情緒の繊細なささやきを聞き入ろうとしたように思われる。

さらには自らの生涯をもいずれ置き去りにされ、振り返られることのない、捨てられる側にいる一芸術作品としてとらえようとしていたのではないか……。

『濹東綺譚』で、二人の男女のはかないえにしが、秋の季節の変わり目とともに消え去って行く様を詩情豊かに描いたように、身をもって体験する彼自身の老いの哀愁・落魄の一表現として冒頭に示されたような写真撮影を許したような気がしてならない。彼はむしろ最後まで独居・寂寥のうちに一生を過ごすという自分のポーズを貫き通した。齢をとってなお自分の芸術に殉じたと思いたくなる。

慶応大学文学部教授、芸術院会員、文化勲章受章者等のそれまでの経歴から一切無縁な自由人として、独自の美意識を貫き通した彼の生涯に見果てぬ夢を描いてしまう。また、老いと零落を受け入れるのは自然の摂理であり、悲しいことでも恥でもないという……反俗的な文人の姿にも。

人生百年時代と言われる。裏を返せば、独居で、孤独に「大往生」は許されない時代が始まっているのかもしれない。そんな常識に逆らい、お一人様の老いを思うがまま生き切った永井荷風はなにやらこの時代の先人に見えてくる。

生涯の最後の年も一日として浅草ストリップ劇場行きを欠かさない。それも時刻まで決まっていて、『日乗』の終末部は『正午浅草』の連続であり、羅列である（ちなみに亡くなる直前の日々はそれが「正午大黒屋」に替わり、毎日来る日も来る日もカツ丼を食べ続けた)。このような履歴と冒頭の写真からは前頭側頭型認知症[2]を発病していたと疑われるかもしれない。だが、彼にとっては浅草の踊り子たちの取材が繰り返されていたのでは？最後の最後まで能力的にはすでに失われていた文学活動を放棄しなかった。認知症になっても、作家の人生百年時代を老醜とともに生き抜いた。「よく飽きもせず生きている」と言われようとも、それが芸術家の末路なのだと「不良老人」を貫き通す……晩節を人はばかることなく堂々と立派に汚しきった……。

遠藤周作さん、晩年は狐狸庵と称して、軽妙なエッセイで世間からの「敗遠落日」を免れ、格好良く団塊の世代を魅了し、家族にも恵まれ、認知症発症を疑われることもなく、しかも引き際をよく心得てあたかも優等生のように神に召されたようですが、こんな異見を如何お思いでしょう？

補遺――

私はふと想像する。永井荷風が札幌に疎開していたら、いったいどこを散策していただろうかと……そしてどんな日記をしたためただろうか……その当時の札幌の黒澤明監督の映画「白痴」のロケ舞台に示されるような異国情緒ゆたかな駅前、旧有島武郎邸、二条市場の石蔵、馬橇などに目をとめたかもしれないが……むろん大通公園でもなく北大構内でもない……やはりめざすは豊平川の川向こう（昔先輩医師からお前どこ出身だと問われ月寒（つきさむ）と答えると川向うの高校か……旧制一中がある中央区こそが札幌とばかりに、やや蔑みを帯びた口調が返ってきた）と呼ばれる菊水の元花街、月寒（つきさむ）の元軍都の場末の居酒屋あたりであろう。淋しく悲しい裏町である。ひょっとしたら江別にも出向いたかもしれない。

現在の江別駅前であれば荷風の格好の散策路になったに違いない。昼間でもシャッター街がならび閑散として、人の姿が見えない駅前通りである。衰残（すいざん）と零落（れいらく）……札幌駅から三十分以内にこんなうらびれた街並みがあるとは驚きの限りである。

さらに荷風の足は東に向かう……。

「江別駅から徒歩十分。さる公園入口から三日月湖を渡り霜枯れの草原を漕ぎ行くと、一筋にのびた堤防らしい土手が望まれる。

登りきると東西の堤防に囲まれてどんよりと千歳川が遠方の製紙工場に向かって流れている。俄かに晩秋の流れに沿うて石狩川まで歩いてみようと思いたつ。道の行くがままに歩み続けると、たちまち崩れかかった倉庫の立ち並ぶ空地の一角に鉄橋がかかっているのに出会った。線路を渡ると折から立ち込める夕靄の空に製紙工場の煙突が寂しく聳えている。

鉄橋を超すと道は堤を下って行くにつれまったくその所在を失う。獣道のような葦の隙間を漕ぐと石狩川が横たわっていた。振り向くと千歳川が静かに合流している。戦前は鉄道と舟運で繁栄したというこの地域は、蘆荻（ろてき）と雑草と空との外、何物をも見ない。平野を通り抜ける絶え間ない風のせいだろうか両岸は草も木も傾き倒れている。ただ一歩一歩風に吹き消される自分の足音と名も知れぬ野鳥の声を聴くばかりである。札幌郊外にかくも荒涼とした自然が残されているのにしばし驚く。寂寞を追求してやまないものにとっては格好の無人境といえる」

（『断腸亭日乗』続・江別版　令和元年）

ついでに江別駅ひとつ手前の高砂駅に降りてもらい、私の勤務する病院も日記に紹介してもらおう……。

「朝の八時前プラットホームに降り立つと札幌にはない冷たい空気が流れ込む。高校生の一群のあとを追うように駅前からロイズの駐車場広場を抜ける。向かいにそそり立つ三本のアカシア並木の前で旧夕張・江別鉄路線の広い街路を左にそれるとレンガ色の病院が見える。周囲にさえぎるビルらしきものがない。にわかにその屋上に上ってみたくなった。そこの院長Y氏に案内を請う。ハスカップ、ブルーベリーの藪を超えると西は手稲連峰から札幌岳・空沼岳を経て恵庭岳・樽前山で山々は太平洋に落ちる……東は夕張岳から旭川から流れ来る石狩川を挟んで暑寒別岳連峰が石狩湾に静かに注ぐ……三百六十度の視界が広がる。石狩平野の中心にあるのがこの江別と解る。私の大嫌いな都心の騒音を避け、こんなに心が開放されるところが外にあるだろうか……」

（『断腸亭日乗』続・江別すずらん病院版　令和二年）

これでは、なにやら荷風の名を借りた、結局はさる病院のコマーシャル文だったのか？と顰蹙（ひんしゅく）を招きかねない。

ところで冒頭の七十九歳男性はどうなったのですか？

むろん「一人暮らしはもはや限界」との認知症初期集中支援チームの判断に基づき、「とりあえず出血性胃潰瘍の危険があります。それには現在では良い薬があります。また盗まれるのではと現金を持ち歩かなくても良いような手配も致しますから安心してくださ い」とさっさと入院して戴きました。

ちょっと医療としてはうさん臭くはないですか？

………

それに胃潰瘍は一カ月で治るはずですね、栄養指導も……それからは？

なんとか説得して訪問看護等のサービスを受ける前提で退院していただきましたが……。

訪問する職員や他入居者が自室に侵入するという被害妄想は変わらず……。


つい安全を優先し、施設入所を勧めたくなる。

しかし、彼にとっての最善の「人生の晩年」とは何であろうか……。

？？？？？

………

それにしても荷風さん、現代に生きていなくてよかった……。そうなると、冗談ではない『正午浅草』どころではない。

最後まで我儘な人生を全うできて本当に良かったですね……。

（1）石川淳『安吾のいる風景・敗荷落日』講談社文芸文庫　一九九一
（2）前頭側頭型認知症　アルツハイマー型認知症、レビー小体型認知症、血管性認知症とならぶ現代の四大認知症のひとつ。前頭葉・側頭葉が萎縮し、行動の異常や人格の変化、言語障害等がみられる。

（二〇二〇年「同誌」四十六号）

谷崎潤一郎

「先生、今日の新患は渡邊千萬子さんという方ですが、ご本人ではなく義理のお父様の件の相談です。予診抜きで直接ご相談したいとのことです。宜しいでしょうか？」

「かまわないが……その義理のお父様のお名前は？」

「谷崎潤一郎とかおっしゃっていました」

「すぐにお通ししなさい」

楚々とした妙齢の婦人が入室する。

「実は義父のことでの相談なのです。むろん義母も私が彼を誘惑しているのではと疑うところがありまして……その間に挟まって眠れない日々が……。先生がサイトでこのような夫婦に興味を抱いて診ていらっしゃると書かれていたので、今回思い切って京都から駆け参じた次第です」

「義母の私に対する昨今のよそよそしい態度は、逆の立場なら良く了解できるのです。問題は義父の方でして、義母に内密で、私に往復書簡を強制してきます。それだけならプラトニックなものとして許せるのですが、あろうことか私の入浴時にまで戸をかすかに開けて覗き見するようになったのです。私も『ちょっと見るだけなら許してあげる』等々、悪戯半分に、媚びを売ることで何かにつけ高価な指輪などをねだったのも確かですが……。それにしても最近は裸身の私に直接迫り、首筋にキスを重ねようとするのみか、『お前のきれいな足をじっくりみせてくれ、お前の足に踏まれていたい。足裏の型をとってそれを自分の墓石にしたい』とまで言いだすのです。認知症の一歩手前なのでしょうか？　それともどこか精神に異常でもきたしているのでしょうか？？？？？

それ以外の言動では特に変わったところはないのですが……。何であれ、それをうすうす知る義母の私に対する冷やかな視線にも耐えられない日々が続いているのです」

むむ……私もはたと困ってしまった。

「先生！　何をうとうとしているのですか？　午後の新患が待っていますよ!!」

……外来看護師の声に思わず覚醒する。困惑しつつも心地よい白昼夢だった。

昨今の認知症患者さんの診察でふと思うことがある。八十代後半から九十代の発症での入院が多くなる一方、そんな彼らが一度入院すると施設送りになり、在宅にはほぼ戻れないという忌まわしい現状がある。たとえ配偶者がいても、これまで築き上げてきた夫婦関係はそれを契機に解消されたかのようである。縁を切られる傾向は男性により著しく、「もう結構」とばかりにいとも簡単に見捨てられる。男性は選ばれる性という、隠されていた自然界の掟が改めて目の当たりにされる。この思いもしない悲惨な老後に最も縁が遠いと思われる小説家がいた。谷崎潤一郎である。

彼が七十九歳で逝去する十日ほど前の写真がある。両脇には当代きっての美人女優、司葉子、草笛光子が華やかに並ぶ。[1] 女優好きだった彼らしいとはいえ「羨ましい」の一言につきる。理想の女性に看取られながらの他界に悔いはなかったに違いない。作家としても同世代の芥川龍之介の夭折もかわして生きながらえ、戦後も異様に旺盛な精力をもって、ほとんど「女性の脚だけにこだわり」生涯を全うした。

そんな彼の女性遍歴は如何だったのか？　創作の系譜とともにふと一瞥したくなった。

主な作品は、女性の背中に燦爛と花を開かせる二十四歳の『刺青』から、花びらのような女性の足裏を仏足石に刻印させる七十六歳の『瘋癲老人日記』に至るまで半世紀にわたる。その間、一貫してマゾヒストを陶酔させ屈服させる、愛と残酷さの二面性をもった女性美を描き続けた。『刺青』ではおずおずとした女が刺青師に大蜘蛛の刺青を施されることで魔的な女に変貌する妖艶さで華々しいデビューを果たす。そのほどなく最初に結婚した千代夫人との間に鮎子をもうける。しかし子供の存在で、自らの芸術も滅びてしまうのではと生まれたばかりの女児に対していっこうに可愛さを感じない。

さらには貞淑で従順、内助の功型の千代夫人に飽きたらず、別居のうえ、夫人に内密で十五歳になる夫人の妹せい子をひきとり養育する。『痴人の愛』では豹のように美しくしなやか肢体をもち、驕慢な美少女せい子をモデルに小悪魔的なナオミの奔放な行動を描く。

その後の昭和五年には妻千代を佐藤春夫に譲渡するという細君譲渡事件として一大センセ

ーションを起こした。「あわれ秋風よ、情(こころ)あらば伝へてよ……男ありて今日の夕餉にひとりさんまを食ひて思ひにふける　と。」で始まる春夫の有名な「秋刀魚の歌」がある。これは彼の千代夫人に向けた思慕の歌として、同夫人をめぐる谷崎潤一郎との十年にわたる確執から生まれたとされる。

一方でその頃の谷崎は『蓼食ふ虫』で、一度別れようと決心して、妻を浮気させ、それでいて去ってゆくのが惜しくなる主人公の屈折した心理を自分の心境を核に描きだす。その後、文藝春秋社記者古川丁未子(とみこ)に「私の芸術は実はあなたの芸術であり、私の書くものはあなたの生命から流れ出たものです。あなたの支配下に立ちたいのです」と宛て、彼女と昭和六年に二度目の結婚。昭和七年には五年前に出会って以来の根津清太郎夫人松子への思いが濃密になってゆく。昭和八年丁未子夫人と別居。九年に離婚。十年に「あなたの忠僕として、おそばにお仕えさせていただきたく」と下僕宣言して、松子夫人と三度目になる祝言をあげる。

盲目の三味線の女師匠春琴が顔に熱湯を浴びたのを契機に、仕えていた佐助が自ら失明に及ぶ『春琴抄』は谷崎文学のひとつの到達点とされる。そこでは潤一郎の想像力に尽きせぬ霊感を与える存在として崇拝の対象であった松子の影が大きくクローズアップされる。だが、新婚早々の丁未子にとっては、世界が崩れるような思いもかけぬ成り行きに違いない。ここで印象的なのは写真で見る限り教養あり知的な丁未子[2]に比べて松子が際立って美しいようには見えず、女学校時代は boyfriends と遊び、欠席ばかりして退学に至る不良少女に近い女性だったこと[3]である。極め付きは、谷崎が再婚したばかりの古川丁未子を伴い室生寺に旅行したのに、松子も伴い、谷崎とこっそりと抱き合ってキスをするといった大胆な行動に成功する。[3]活動的、進取的であるとともに一種のあくどさを抱えた女性であることが推察される。ここでは谷崎が女性に求めるものは美しさのみならず、そこにはらまれた奔放な気質であることも窺われる。いかに芸術のためとはいえ、自己愛性パーソナリティを窺わせる谷崎の冷酷な一面も。同時に彼は自身にとっての生命感溢れる美はわがままで気まぐれの中にしか花咲かないと密かに確信していたのではないか？　モーツァルトの音楽に見られるような absolute beauty は例外中の例外だと。

この側面は自己の芸術の障りになると、松子夫人にも「紫の上」に見立てて、妊娠中絶を迫った疑いからも窺われる。妊娠五カ月でついに中絶手術を決意した彼女に対して「お腹の子に対する愛よりも、私と私の芸術に対する愛の方が深かったのだと思う」と彼は述べている。[4] 谷崎の意を酌んでとはいえ、彼女にとってはまさに断腸の思いに違いなかったはずである。芸術家としての潤一郎は身近にいる満開女性を養分にして官能の花を咲かせ続けたと疑われても致し方ない。

まさに彼の人生は「花は盛りに月は隈なき」女性をのみ追い求め続けたそれと言える。ただ、女神と崇めたてようが一度色香のあせてしまった存在には見向きもしない。人形が愉悦を与えなくなったらさっさと遠ざけるかのような……というのは如何なものであろう。光源氏ですら醜女・末摘花（すえつむはな）に情けをかけているのです!! 衰え行く女神には一切振り返らず若くて溌剌としたバラのみ追求し続ける……。

だがこんな谷崎にもやがて自身の老境を認めざるを得なくなる時が忍び寄る。六十歳以降には自らの老いに不釣り合いなこの嗜好に対する贖罪心理からであろうか、六十三歳時の『少将滋幹（しげもと）の母』では老いの切なさを描き出す。母を切なく恋う幼い滋幹のみならず、五十歳以上年下の妻が若さと精力の権化である藤原時平に強引に奪われる老大納言・国経に自分を重ねていたことは否定できない。七十歳時の発表『鍵』においては喪われてゆく性の衝動を、どのように再び駆り立てるか葛藤する男性主人公の破滅を描く。そこでは愚かしくも切ない初老の男性の願望と熱狂が、直後の妻の白け切った語りによって、女性は本質的に他者であり、男は結局独りぼっちのきりきり舞いに過ぎないことを克明に描き出す。「酩酊して眠っている妻に夫がむしゃぶりついて彼女の腹の上に夫の老眼鏡がずれ落ちる」描写には孤独な男の老いと哀れさが見事に表出されている。

結末では老いによって見捨てられる性と見捨てる性の現実を残酷なほどに描いて見せる。冒頭の「思いもしない悲惨な老後に最も縁が遠いと思われる」……晩年の谷崎潤一郎こそ最もそれに鋭敏だった小説家ではなかったろうか……。「心は行けども、振舞のかなわぬ」と世阿弥『風姿花伝』で示される老いのもどかしさを……これほど過酷に描いた作品を知らない。

七十五歳時発表、死の四年前に口授（くじゅ）の形で書かれ、ほぼその遺作となった『瘋癲老人日記』ではすでにそれを失った七十七歳の老人の性をいささかユーモラスにかつ深刻に描いてみせる。本作品では老人の妄想すれすれの幻想性と千萬子をモデルにした自己の奔放な空想からの「颯子」という女性を見事に形象化し、際立たせてゆく。最後に看護師佐々木の手記「精神科医の意見では、この患者には情欲が常に必要であって、それが老人の命の支えになっている」、颯子夫婦の談話「プールの工事が始まっているのを、眺めるだけでも親父の頭にはいろいろな空想が浮かぶんだよ」による老人とは別の他者からの述懐が添えられる。突き放すように冷厳な現実描写とそれまでの老人の心象世界とのコントラストは見事というしかない。高齢男性の欲望のひとりよがりや浅ましさ、そして孤独感がまさに鋭くえぐられている。

三島由紀夫によれば、谷崎の追い求めた女性像には二面性が認められるという。ひとつはエゴイズムと肉体美を誇る『痴人の愛』の主人公ナオミに代表される女性のありかたで、この系列に属するのが『刺青』『春琴抄』『鍵』の作品群。いまひとつは亡き母に投影される慈母としての女性像で、この系列には『母を恋ふる記』『少将滋幹の母』などがある。そしてこれらふたつの女性像が、『瘋癲老人日記』における主人公の幻想のうちに統一されると言う。[5] まさに評論家三島の卓見である。谷崎の歩みを導いてきた二つのもの、母と妖婦が融合されて、いくつになっても寄る辺ない駄々っ子のままの息子の看取り役としての優しく残酷な母が颯子に姿をかえて結実する。

本作品は世界に未だ数少ないであろう老人文学の傑作と言いたい。いや晩年の谷崎は上記三作品でこの分野での金字塔を打ち立てたと言って良いだろう。有終の美を飾る堂々たる芸術家の一生である。

一方でその間の彼の実生活ではどうだったのか？　再再婚当時の松子夫人には、足蹴にされても良いと跪いたものの、谷崎は『台所太平記』に示されるようにお手伝いさんの若い女性を絶えず数人雇い入れ、気に入った一人と夫人を差し置いて映画や食事を楽しんだりした。さらに最晩年になると息子嫁の千萬子との交流に夢中になり、次第に熱を帯びてくる〔具体的には潤一郎＝千萬子往復書簡に詳しい[6]〕。松子夫人をモデルにした「婆さん」は『瘋癲老人日記』ではほとんど影が薄い。自分をその主人公に投影させて、彼に若々しく活発な千萬子をモデルにした「颯子」にうつつを抜かさせ、ついには死後も颯子に足蹴にされることを願わさせる。谷崎は作品完成後現実に千萬子へ「あなたの靴を作るから」

と騙して足形をとりだしたり、話の最中に突然、目の前にばたっとひれ伏して、「頭を踏んでくれ」と言い出す。大抵の男性は自らの老いとともに、婆さんになった妻を受け入れるのだが〔ちなみに私は毎夜、新婚当時には考えられもしなかった妻の鼾に四十年以上耐えて生きている〕。この期に及んでも彼は現代女性のとことん奔放・溌剌とした美に跪くことを追求して止まない。

だが唯美・耽美主義作家が相手といえどもそれまで結婚生活を築きあげてきた松子夫人にはたまったものではない……実際「七十六歳になっても小生がなお創造力を持てるのは全くあなたという女性にめぐり会えたおかげです」「君のためならどんな高価なものでも高価とは思いません」と松子夫人に内緒で次々と千萬子にハンドバッグ、イヤリング、ネックレス等をプレゼントする。さらには「いずれ谷崎家も完全にあなたに支配してもらうようになるでしょう」「私は崇拝するあなたに支配されるのを望んでいるのです」とまでしたためる。松子夫人存命中には知られることのなかったこのような往復書簡から、例の生命感溢れる女性美崇拝・支配されたい病が立派に死の直前まで持続していたことが窺われる。すでに千代元夫人、古川丁未子前夫人が被った苦渋である。ただ離婚して佐藤春夫と再婚した千代夫人、一方的に離婚されてさっさと再婚した古川丁未子前夫人は大正解であった。晩年、谷崎のこの病癖に塗炭の苦しみを味わわされ続けた松子夫人に比して……。ただ女性美・崇拝依存症者（これは私の造語です!!）はアルコール依存症者と異なり、枯れない旺盛な老後を約束するかに見えることが谷崎潤一郎の事例から窺われる。この事象は老年男性のメンタルヘルス上、未解決の不思議である。今後、谷崎症候群の謎の解明に期待したい。

白昼夢に現れた千萬子夫人にはそう返答するしかない。高齢者男性の鼓舞についての貴重な症例報告をしていると思い、頑張ってくださいと……。
ちなみに私も、その際にはどうぞ宜しくお願い申し上げます。

ちょっと待った!!

「谷崎潤一郎＝渡辺千萬子　往復書簡」の末尾には以下のようなくだりがある。

「昭和四十年三月頃からは殆ど日常の全ては、松子夫人に完全看護（完全管理？）されるようになってしまいました。谷崎の亡くなったのは七月三十日の朝でした。訃報を一番先に知らせてくださったのは新聞社の京都支局の方でした。家族からは容体が悪くなったことも（七月二十五日と聞いています）、亡くなったことも知らせはありませんでした。この頃のことは、『パンドラの函』を開けたように、魑魅魍魎がさ迷い出して、私の意志を乗り越えて跳梁跋扈しそうなので、これ以上は触れたくありません」

松子夫人は谷崎の芸術（作家的想像力）のためとはいえ、耐えに耐え、忍びに忍んできたのではなかろうか……。往復書簡での谷崎の千萬子への「死後もそばにいられます」というメッセージも直覚していたに違いない。臨終時に嫁・渡辺千萬子が呼ばれず、彼女には訃報も知らされなかった!!　松子夫人の献身的で必死な介護の裏に、谷崎に対する、密かにその時を待ちに待ち続けた最期になっての復讐、「夫に千萬子を絶対会わせない」「千萬子には夫を絶対に看取らせない」が隠されていたに違いない。谷崎の芸術は残っても、人間谷崎（もしくは男性としての谷崎）は九回の裏に松子夫人によって寝首をかかれ、逆転サヨナラ負けを喫した。元不良少女の執念のすごさ……。『鍵』での夫への優位を奪い返す狡猾な郁子のモデルは彼女ではなかったかと妄想を逞しくしてしまう。前述の「理想の女性に看取られながらの他界に悔いはなかったに違いない」には若干の訂正が必要なようだ。

ちなみに彼の墓（京都「法然院」にも東京「慈眼寺」にも）に千萬子の足形が刻まれたとする文献は認めない。「永遠に千萬子の足に踏まれ続けたかった」谷崎の今際の願望はついに叶わなかった……。

補遺――

彼には松子夫人とその妹たちをモデルにしたとされる『細雪（ささめゆき）』という長編小説があることを忘れていました。谷崎潤一郎の作品としては、珍しく変態的な性欲への偏向もなく、常軌を逸するような過激な嗜好への傾斜もない。上述の諸作品とまったく異なるまさに三女雪子の婚活を軸にした家庭小説と言うべきか。この分野ではジェーン・オースティンの恋愛小説『高慢と偏見』に比肩すべき傑作です。婚期を逃しかけた結婚前の女性にとってこんな身につまされる内容はないように思われます。そして彼女をとりまく人間群像の心のやりとりの機微が極めて現実に即した描写で良く表現されている。まさに大人の小説です。適齢期を迎えた娘をもつ親族の心情は今も昔も変わらないのでは……、そこにロシアの作家チェーホフが描く父を失い没落する名家の「三人姉妹」に漂う抒情が加わる。桜の季節、京都での三人姉妹のあでやかな描写は絶品です。平安神宮の満開の紅枝垂れの下に立ち、姉の幸子は「花の盛りは廻って来るけれども、妹の盛りは今年が最後ではあるまいか」と思う。一定不変な美の極致に刻々と変化する現実の時間を対比させる。同じくチェーホフの『子犬を連れた貴婦人』での、展開してゆくオレアンダの夜明けの光景を前にして、先の知れない愛を誓いあう二人の男女の描写を彷彿させるものがあります。

やはり『細雪』だけで、もうすでに谷崎潤一郎は超偉大な作家なのでした。

何と言ってもこの作品は松子をモデルとした幸子の視点に、語り手が寄り添うかたちで展開される。構想を固めるうえで、そのヒントと材料を提供した妻・松子に終焉の時に寝首をかかれても芸術家谷崎潤一郎は本望だったに違いありません。

最後に、成人の発達障害で悩む人にもこの小説をお勧めしたい。ただひたすらの日々、姉妹の会話、とりわけ幸子・貞之助夫婦の生活が淡々とつづられてゆく……そんな何気ないやりとりに古き良き日本人のコミュニケーションの機微を知るまたとないテキストがあることを申し添えます。

「ひょっとしたら筆者のあなたも未だに発達障害でお悩みで？」

ご想像にお任せいたします。

(1)『新潮日本文学アルバム7 谷崎潤一郎』新潮社　一九八五
(2) 小谷野敦『谷崎潤一郎伝』中央公論新社　二〇〇六
(3) 稲澤秀夫『秘本谷崎潤一郎全五巻』鳥有堂　一九九一―一九九三

（4）谷崎松子『倚松庵の夢』中公文庫　一九七九
（5）三島由紀夫『谷崎潤一郎・川端康成』中公文庫　二〇二〇
（6）『谷崎潤一郎＝渡辺千萬子往復書簡』中央公論新社　二〇〇一

（二〇二一年「同誌」四十七号）

森鷗外

森鷗外はいまわに「馬鹿馬鹿しい」と吐き捨てるように発したとのことである。真偽のほどは定かではない。

しかしこの言葉は自身の人生に対して彼がどうとらえたのか、想像力をいかにも刺激する。

一説には「彼が森家悲願の爵位をついに得られなかった」がある。[1] 直属の上司石黒忠悳（ただのり）の陸軍医務局長退官後爵位に続いて、脚気問題の盟友東京帝大医科大学長青山胤通（たねみち）の臨終前の爵位獲得に奔走したはずが……自分も同様にと……結局、自らは果たせなかった。

確かに彼の悲願は家長としてひたすら森家の再興、栄達であったことは間違いがない。

自ら結核に罹患しているのを自覚しながら、死の直前まで家族はもとより周囲に知らせなかった。公衆衛生の専門家としてはいかにも不自然である。あくまで自分の結核罹患で森家に汚点を残すまいという配慮（？）であったように思われる。

一方で彼は脚気の病因として感染説側にたち、上司石黒の意向を徹底的に忖度し続けた。近年明らかされつつある陸軍兵食論の致命的誤りと、その誤りへの固執とが陸軍に膨大な脚気惨禍をもたらした。結果、日清戦争で四万一千人余りの脚気患者と四千人余りの同病死者をだしただけでなく、次の日露戦争においても、二十五万人余りの患者と二万八千人にのぼる死者をだした。[2] 皮肉なことにその後臨時脚気病調査会の会長として自説が間違いで、脚気の病因がビタミンB_1にあると発見される過程をとことんまで見守り続けるはめに陥る。不思議なことに会長を降りたのちにも臨時委員として死の直前までその会に居残り続けた。

ともにドイツに留学した北里柴三郎には研究者としては完敗、軍医としては身分上栄達を極めたとはいえ、脚気予防策で海軍軍医総監高木兼寛(かねひろ)に遅れをとった（脚気は海軍では明治十八年頃ほぼ撲滅されたが、陸軍では森鷗外の「海軍の食事改善策は科学的根拠なし」との判断からその後二十年以上も放置された[2]）。

では文学の方ではどうだったのか？　彼の作品は『舞姫』からはじまり後年の史伝三部作に至る。代表作とされる『舞姫』『青年』『雁』は自分の実体験から、『興津弥五右衛門の遺書』『阿部一族』『山椒大夫』『高瀬舟』は歴史資料からの転用である。『阿部一族』に至っては細川家の資料「阿部茶事談」原文を一部修飾したものに過ぎない。独自の想像力を駆使したものとは言い難い。晩年は『渋江抽斎』『伊澤蘭軒』『北條霞亭』の三部作が史伝として傑作の誉れが高いが、読み通すには相当の忍耐がいる。とりわけ後ろ二作は長時間にわたる漢語文の拷問を受けるに等しい。資料を克明に解釈し、清廉潔白で篤実な学者としての彼らの生涯を自からが果たせなかった夢として提示したものとされる。のみならず過去の考証、事実の記述に終始することで、帰納に回帰する、そのことで兵食（脚気問題）における心の深層に横たわる自らの傷、負い目をいくらかでも軽減するものであったのかもしれない。

だが、彼の人生最晩年に皮肉なことに『北條霞亭』に遭遇する。「霞亭」に向かい合うにつれて、前二者とは異なる社会的栄達を求めてやまない自身と同様な属性が露顕しだす。理想と思惑違いのそんな主人公の書簡から、自らを納得させて執筆せざるを得ないしばしば長い中断の日々が続く。まさに調査会臨時委員として自説の間違いを死の直前まで見守り続ける作業を同様に進めながら……。その補遺篇『霞亭生涯の末一年』に至り、せめて霞亭の死に至る病を通してだけでも陸軍では勿論、学会でも調査会でも叶わなかった脚気についての釈明を、間接的にでも、語る衝動を抑えきれなくなる。彼は診断に執拗にこだわり、死因は自分同様の萎縮腎であり、脚気ではないという結論に眩惑されてゆく。緊密で論理的とされる彼の文体のなかに潜む論理の破綻、先に結論があり、それに向かってひたすら論を組み立ててゆく倒錯した展開を、ここに至っても軍医森林太郎同様、森鷗外としての彼もまた再び犯してしまう。[3] 実に五年余りの歳月を要して、自らの『白鳥の歌』として満を持して取り組んだはずの作品である。人物像に対する見込み違いのみならず、結末の診断に至ってまでも、「かくあるに違いない」という予断がそこでも混ざりこんでしまう。死の間際になって、この期に及んでまでそんな思い入れの連鎖に振り回されてきたのでは？　という自身に対する疑念がふと彼を襲いだす。

『渋江抽斎』以降の軍医を離れた真の作家としての本腰を入れてきたはずのひたむきな文学的努力は一体何だったのだろうか？　その解釈に間違いないという「壮大な自己満足」が先行しただけの作品群になっていやしないか。ひょっとして『北條霞亭』擱筆（かくひつ）への過程で、この分野でも結局、有終の美を飾れない、創造の神に見放された「永遠の敗者」としての自らの姿が一瞬よぎったのかもしれない。この時期の彼に残された唯一確かな存在理由、それが森家の家長としての到達点、叙爵だったのではないか？　瀕死の床で、袴姿で爵位の報を待ったというのはあながち嘘とは思えない。それすらも叶わなかった自己のむなしく思える最期を「馬鹿馬鹿しい」と表現したのかもしれない。

◇鼎談「森鷗外を語る」◇

北里柴三郎：森鷗外……忘れもしない……ドイツ留学生としての定番コースをそつなくこなしながら、突然私が師事しているコッホ先生のもとで研究したいとベルリンに押しかけてくる。残りの留学期間が半年を切っているのに……細菌学を修めたことにする……その如才の無さで私と対極の人間のような気がします。帰国後の将来はともかく、究めることにこだわる私はその後破傷風菌の純粋培養およびその血清療法を世界で初めて創出した。その二番煎じに過ぎないベーリングのジフテリア血清療法にはドイツでの国を挙げての応援があった。対して、私は当時の東京帝大を中心とした医学界の権威により、故国挙げて足を引っ張られ、第一回ノーベル医学・生理学賞受賞を彼に奪われた。

さらには世界各国から絶賛されたペスト菌発見にも偽りとの非難する論文が国内から科学的根拠もなしに次々と発表された。党派的に囚われた森鷗外もそのうちの一人だった。さらには彼は山県有朋公に「陸軍二個師団増師の見返りに北里伝染病研究所を内務省から文部省への移管」を画策、それにより、東京帝大への乗っ取りを図った張本人の疑いがある。(4)彼ほど科学の発展にほど遠い人間はないような気がしますが……。

文学に疎い私としてはその方面での彼の実像をお聞かせ願いたいのですが……。

山県有朋元老：森鷗外の文学についてあの世から語れとおっしゃるのですか？　私には解りかねますが……。上司として処遇に戸惑いを覚えた……。そんな彼に関する立場上矛盾した感想を述べおきます。

『舞姫』は鷗外のドイツ留学中の恋愛体験が土台になっていると言われている。最後の二行「嗚呼、相澤謙吉が如き良友は世にまた得がたかるべし。されど我が脳裡に一点の彼を憎むこころ今日までも残れりけり」、この言葉は鷗外の将来も暗示している。いや彼のその後の人生はこの文章につきている。エリスのもとを去らざるを得ないのは相澤謙吉に代表される明治政府なのであって、自分の本意ではないと言い逃れする表現になっている。一八八八年九月に帰国した鷗外が、同年十二月にヨーロッパに出発した私とベルリンで会えるはずはない。にもかかわらず将軍・天方伯という名の上司を小説上に登場させて物の見事に私に取り入る。さらには天方伯こと陸軍の大御所の耳に入り、その人の裁断によって、すでにエリスとの間は無事解決した問題であることを世間に知らしめる効用も仕組まれている。このスタンスはあたかも脚気紛争中に東大医学部の細菌感染説を採用した陸軍軍医本部次長・石黒忠悳に追随した彼の態度に通底する。脚気の原因究明にドイツに送り込まれたが、成果を出せず帰国。帰国後、「脚気の原因には触れず」米食は麦食、洋食よりも栄養学上最も優れているという試験結果[2]にとどめて細菌感染派石黒を大喜びさせる。

日清戦争後、任地の台湾では石黒の米食施行命令に忠実に従った彼はわずか十ヶ月の間に、兵員の全員に脚気を発症させ、十人に一人は命をおとさせている。同じ陸軍でも命令を額面通り順守しなかった朝鮮・中国では脚気の発症率は十パーセント台にとどまっていた。[2]あたかも米食を励行せざるを得ないのは細菌感染説をとった東大医学部・陸軍軍医本部のためであるかのようである。石黒の隠蔽工作にもかかわらず陸軍の米食派は一掃されるも、鷗外は小倉左遷でちょっと詰め腹を切らされるのみで、陸軍軍医学校校長、近衛師団軍医部長と順調にキャリアを伸ばしてゆく。

にもかかわらず、その後の日露戦争にあっても彼は懲りずに陸軍でさらに二万八千人という脚気による将兵の死をもたらした。私は事態への気味悪がられるほどの注意深さを自分の武器としてきた。物事の裏の裏まで読む用心深さで、まさに足軽以下の身分から下関戦争、鳥羽伏見の戦い、西南の役等々数々の生死の境にたつ修羅場を経て、その後の政争の間を生き延びてきた。そんな現実主義派そのものの私には信じがたいことだが……。

彼の発想は私と真逆のそれとしか言いようがない。まず細心な現実把握から、仮説を出し、それを再び事実に戻って吟味・検証する資質に驚くほど縁がない。権威ある説であれば観察・分析結果と齟齬をきたしても、そちらのほうに問題ありとして、権威を疑うことができない。この戦争でも、一九〇四年第一、第三師団軍医部長の「麦飯給与の件を森（第二軍）軍医部長に勧めたるも返事はない（日露戦後従軍日誌）」との記録が残されている。戦中陸軍内部でも鷗外の見解に疑義がでていたが、ここでも彼はあくまでも麦飯導入を拒み続けた。その結果、上述の悲惨な事態を生んだ。海軍では軽症脚気のみで重症例は多発せず、死亡例はほとんどなかった。訂正不能な信念へのこだわりから、いかなるロシア将軍よりも、彼は多くの日本人兵士を殺したことになる。

脚気問題で彼が責任をとることはなかった。私への抱き込みに成功？？ 想像にまかせたい。内心は、罪の意識に苦しめられていたか？ あるいは組織により、自らを真実からむりやり遠ざけられた被害者として、義憤のうちに死を迎えたのか知る由もない。医学者としての発想よりも、上司に対する信義則を優先してきた彼の言動からは、その後の日本人に潜むある種のひな型が垣間見えやしないか？ 私が元凶と糾弾される侵略主義に変貌した昭和軍部の思考回路の源流が。そしてそれに引きずられるまま太平洋戦争に突入した日本……。舞姫事件で石黒に助けられ、ひいてはこの処女作での私への迎合から、次第に時の権力者への親和性を高めてゆく……。

後年彼の最大の擁護者とされる私だが、そのイメージは民衆運動や政党活動を時に弾圧、骨抜きにした、狡猾、策謀家としての悪名高い国民的な不人気政治家である。これを僅かでも払拭する体よい一手段があった。それはまさに「森鷗外」の文豪としての当時第一級の碩学にして賢者の名声を利用することだった。

日露戦争中に創られた詩集『うた日記』に絶唱と言っても良い『扣鈕(ぼたん)』がある。

南山のたたかひの日に
袖口の　こがねのぼたん
ひとつおとしつ　その扣鈕惜し

べるりんの　都大路の
ぱつさあじゆ　電燈あをき
店にて買ひぬ　はたとせまへに

えぽれつと　かがやきし友

こがね髪　ゆらぎし少女（をとめ）
はや老いにけん　死にもやしけん

はたとせの　身のうきしづみ
よろこびも　かなしびも知る
袖のぼたんよ　かたはとなりぬ

ますらをの　玉と砕けし
ももちたり　それも惜しけど
こも惜し扣鈕　身に添う扣鈕

こんなに優しく、ベルリン時代の恋人エリスを想う抒情的で哀切極まりない詩をつくれる男がどうして「玉と砕けし」兵士「ももちたり（百、千人）」よりはるかに多くが脚気に倒れた事実に対する、自分の知的誤り、傲慢さに気づこうとしなかったのだろうか？

私は不可思議の念をもちながらも、大いなる片目をつむって価値ある詩人としての彼を選んだ。私の「常磐会」歌会の幹事で、大逆事件に際しても日本での欧米の思想・潮流に最も通じて、体制維持のために私に寄り添う姿勢を固持してくれた文化人「森鷗外」をこれ幸いと利用するために。

だが……「森林太郎」のDNAが太平洋戦争のみならず、コロナ禍における日本政府や厚生労働省にまで受け継がれないことだけは切に望みたい。

北里柴三郎：荷風さん、あなたはあの森鷗外の命日に、密かな墓参りをほとんど欠かさなかったですね。それは一体何故なのですか？

永井荷風：むろん私を慶応大学文学部教授に推挙して戴いた恩もありますが、先生は思想的にも文壇的にも、親分気質の微塵もない人でした。厳しく孤独を維持して、なによりも観潮楼、パンの会等で作家、詩人、画家などの立場を超えて自由に自分の意見を述べ合う日本での最初で最後のサロンを試みたのが森先生だった。森先生の文学あって日本の文学は主義・主張を超えて僅かに気品を支えることができた。リズム感あふれた無駄のない文章のあの端正な美しさは比類がない。残念ながらとりわけ大正元年以降の作は過去の人物の考証のみに限られ、同時代の事相に触れるものはまったくその跡を断つにいたった。

ただそこでは過去の人物の醇化した生活思想感情までを子細に討究、魔術者のような文章の行間に先生平生の卓見高識、興趣と妙味に接することができる。すなわち幕末に輩出した市井の文化人「渋江抽斎」らに医師・官吏・文芸人としての理想を認め、それをすでに維新前に体現していた日本人の誇りとして発掘した。私が先生の考証文学をもって史学から芸術への昇華を見て、空前絶後の国民文学であるとなしたゆえんです。(5)

山県有朋元老…すべて、そうであろうか？　官僚森林太郎への私からの密かな風圧を逆手にとり、想像力に行き詰まった作家の生き残り策として、そして自らの過失に対する癒しの文学として考証文学に進むしかなかったのではないか？　だとすれば、国民的文豪森鷗外は私に感謝しなければならない……。

なによりも彼が明治に生きたことは時代に恵まれたと言える。昭和に生まれていれば脚気問題はすでに解決されていてドイツ留学は叶わず、『即興詩人』からデビューし、史伝三部作に終わる言わば海外と過去からの翻訳・剽窃詩人として卓抜した才能を発揮した森鷗外はこの世に存在せず、森林太郎は別の禍で東条英機とともに東京裁判の被告席に立たされていたかもしれない。

永井君!! 死の床にあっても「袴をはき、腰のあたりを両手に支え」という君の記載[5]は、それで端然として死を迎える文豪「森鷗外」を称えたかったのだろうね……。だがそれは爵位の報告を受けるため、最期まで待機していた「森林太郎」のあがき……「山県公に礼を尽くした私だから」を強調しかねない。森鷗外の名誉のためにもなかったことにしてやりたい。

永井荷風：それでも、鷗外先生は懸賞小説で選外となった私の処女作『地獄の花』を当時の党派性に囚われ、排他的精神に満ちた文学界の誰にも忖度することなく唯一人「すでに読みたり」と駆け出しの私に優しく語りかけてくださった……大恩人に変わりはありません。時代に迎合しない文人としての一つの美しき生き方を示してくれた憧れでした。その姿はこれからも日本で数少ない時勢に流されない孤高な自由人として生き続けるはずです。

山県有朋元老：吐血で孤独死したはずの君が間際に森鷗外に診てもらう気がするだろうか？

永井荷風：それは……でも医学と文学とは別です!!

いや、いずれの分野でも己の限界に死の直前まで真摯に向き合った人だったと信じたい。私の『断腸亭日乗』での最期の日記は『正午浅草』の繰り返しでしかなかった。敗荷とのちに評されながらも、芸術家としての落日に向かい合う勇気を与えてくれた……。それが、実は鷗外先生の『北條霞亭』に苦闘する最晩年でした。

これからも墓参りを続けます!!

森鷗外ファンの方々へ――

この鼎談は私の空想（妄想？）癖に由来する人物設定によるものであることをお断り申し上げます。

（1）志田信男『鷗外は何故袴をはいて死んだのか』公人の友社　二〇〇九
（2）山下政三『鷗外森林太郎と脚気紛争』日本評論社　二〇〇八
（3）坂内正『鷗外最大の悲劇』新潮社　二〇〇一
（4）海堂尊『奏鳴曲　北里と鷗外』文芸春秋　二〇二二
（5）永井荷風『鷗外先生』中公文庫　二〇一九

（二〇二二年「同誌」四十八号）

芥川龍之介

中学一年の夏だった。昆虫少年だった私にとって現在の札幌円山公園周辺が格好の採取地だった。期末試験が始まる七月上旬、円山頂上付近では国蝶オオムラサキが乱舞する。夏休みに入って、この蝶がまばらになるこの周辺に飽き足らなくなり一度あの山の奥に分け入ろうと思い立った。幌見峠を越えると周りは別世界だ。札幌市街はすっかり山々に覆われる。盤渓小学校を過ぎると北に向かって山間にか細い林道が続く。ほどなく市街地に出るかと思いきや三角山の壁が連なり、いつまでたっても姿を現さない。そのうちに日が暮れだす。昆虫採集など忘れたように、次第に恐怖にかられて思わず走り出した。発寒川（はっさむがわ）上流にたどりついて人家を見かけるやほっとした記憶がある。

似た体験を語った作品をその後見つけ出した。芥川龍之介の『トロッコ』である。

この齢になって『トロッコ』を再読してみる。

うまい！！！　簡潔な文体の風景描写とともに見事に山中に取り残された少年のこころ

を活写している。知り合いの体験をもとにした作品と言われる[1]が、次の最後のくだりが芥川らしい。時間空間の処理であり、小説ならではの技であろう。

良平は二十六の年、妻子と一緒に東京に出てきた。いまではある雑誌社の二階に、校正の朱筆を握っている。

が、彼はどうかすると、全然何の理由もないのに、その時の彼を思い出すことがある。全然何の理由もないのに？――塵労に疲れた彼の前には今でもやはりその時のように、薄暗い藪や坂のある路が、細々と一すじ断続している。……

そんなさりげない人生の機微に触れ、詩情豊かな短編を創作し得た彼が後年、不幸にも精神の病に侵される。何を契機にいつ頃から始まったのか？

高校時代読んだ最晩年の作品『歯車』は、いったいどんな意味を示している小説なのかまったく解らなかった。ただあり得ないはずの歯車が見えるという作者の幻視体験のみが印象に残っている。今回六十年ぶりに読み返してみた。そこには芥川龍之介の自我崩壊寸前の体験、統合失調症の発病時の精神内界が驚くほどに克明に描写されている。

例えば各章の以下のくだりである。

〈2　復讐〉

「ベッドをおりようとすると、スリッパは不思議にも片っぽしかなかった。それはこの一、二年の間、いつも僕に恐怖だの不安だのを与える現象だった。

(中略) けれども僕を不安にしたのは彼の自殺したことよりも僕の東京へ帰る度に必ず火の燃えるのを見たことだった」

∴これらは発症初期の妄想知覚ではないか?

「そこ（コック部屋）を通りぬけながら、白い帽をかぶったコックたちの冷やかに僕を見ているのを感じた」

∴注察妄想に近い。

「政治、実業、芸術、科学、いずれも皆こういう僕にはこの恐ろしい人生を隠した雑色のエナメルに外ならなかった」

∴自明性の喪失体験か？

「偶然読んだ一行は忽ち僕を打ちのめした。

『一番偉いゼウスの神でも復讐の神にはかないません』

（中略）いつか曲り出した僕の背中に絶えず僕をつけ狙っている復讐の神を感じながら」

∴関係被害妄想の世界に入っている？

〈3　夜〉

「僕は突然何者かの僕に敵意を持っているのを感じ、電車線路の向こうにある或カッフェへ避難することにした。

(中略)彼はじっと僕の顔を見つめた。僕は彼の目の中に探偵に近い表情を感じた。

(中略)内心では僕の秘密を知る為に絶えず僕を注意しているのを感じた」

∴身近なものさえ安心できない状況に追い詰められている。

〈6　飛行機〉

「なぜあの飛行機はほかへ行かずに僕の頭の上を通ったのであろう?」

(中略)何ものかの僕を狙っていることは一足毎に僕を不安にし出した」

∴これらは体験したものでなければ表出できないものではないか……。

彼が通院中の青山脳病院長斎藤茂吉はどのような診察していたのだろうか？

不眠症の治療をしていたというがまともな精神科医なら当然統合失調症の発病を疑うであろう。一九二六年一月十三日の茂吉の日記[2]では「神経衰弱ト胃病トガアル。イロイロノ『内憂外患』トガアルト言ッテ弱ッテイタ」などと記している。彼はその可能性を知っていてあえて同じ文学者として手を出さなかっただろうか？

現在ならばさしずめ各種非定型抗精神病薬による薬物療法があったろうが、苦しさを救うことができても芸術家としての彼を救うことはできないと諦めの念で対峙したのだろうか？　訃報に接して「驚愕倒レンバカリニナリ」との記載[2]がある。日記には本音を書く茂吉のことだ、診断を見逃していた疑いがある。

『歯車』以前にも発病を思わせる気がかりな体験が『鵠沼雑記』（遺稿大正十五年）にある。「前を歩いていた白犬が曲がり角で急に振り返ってニヤリと笑う」さらには「首筋がちくりとした。驚いて振り返ると軽井沢にたくさんいる馬蠅が一匹飛んで行った。それもこのあたりの馬蠅ではない。丁度軽井沢の馬蠅のように緑色の目をした馬蠅だった」「この頃空の曇った、風の強い日ほど恐ろしいものはない。あたりの風景は敵意を持ってじりじり僕に迫るような気がする」。

これに似た記述はそれ以前にもすでになかったか？『槍ヶ岳紀行』（大正九年）のなかで青黒い一匹の馬虻が彼の手の甲にべたりと止まり、そこを鋭く刺したことで「自然は私に敵意を抱いている」と語るくだりが妙に照合する。自然になじめない、自然から浮いているとしかない体験の連続……。そこでの芥川は宿をとった時の「青竹の甲高い音」に始まる不快な体験から「虫の這うように」不愛想な案内者とともに苦しい歩みを続ける。最後の雷鳥の異様な声に驚く結末まですべての出来事が自分に向かってよそよそしく、主人公の心は休まるところがない。彼は旧制中学時代学友たちと同じ槍ヶ岳登山を経験していた。その時の紀行文は淡々とした風景描写に終わっている[3]。

本作は十一年後の二十八歳時に書かれた。なぜその頃の彼がこのような著作、案内者と二人だけの設定にした紀行文を改めてものしたのであろうか？　大阪毎日新聞の海外視察員として中国に特派される前年になる。無意識の体験が彼をそのように誘導した？　何かこの作品が帰国後の芥川の変調の兆しを暗示しているような気がするのは私だけだろうか……その頃河童の絵をしきりに描いていたという。[4] すでに、一過性精神病性エピソードのような病状が間欠的に彼を悩ませていた疑いがある。その昇華としての紀行文再編版ではなかったか？

では彼の生活史で発病を免れる手立てはなかったのだろうか？　と、ふと思う。

文学は同じ芸術であっても、最も時代とともにあり、その時代の現実に寄り添う性質から免れない。一方で、彼はあらゆるものを本の中に学び、いつか人生そのものよりも芸術に意義を見出してゆくようになる。例えば胸像除幕式でのアナトール・フランスの挨拶「私が人生を知ったのは、人と接触した結果ではない。本と接触した結果である」に、大いに我が意を得たと共感を表明している。自身と同じ「本好き」と指名した堀辰雄からさえも芥川が世を去ると間もなく、「彼は本によって現実を学んだために、『芸術に依って芸術を作り出す』作家となった」「彼は遂に彼固有の傑作を持たなかった」「彼のいかなる傑作のなかにも、前世紀の傑作の影が落ちている」と言い切られてしまう。[5]

上記の指摘にあるような創作姿勢に関連して、大阪毎日新聞社社員という立場で中国視察旅行に行ったのもいただけない。中国紀行で彼は現実世界がいかにこれまでの自分の作りあげてきた芸術至上主義の世界からほど遠く、及ばないかを思い知らされ、その限界を目の当たりにしたに違いない。「現在の支那なるものは、詩文にあるような支那じゃない。猥雑な、残酷な、食い意地の張った支那である。文章規範や唐詩選の外に支那あるを知らない漢学趣味は、日本でも好い加減に消滅するがよい[6]」、「私は支那を愛さない。愛したいにしても愛しえない。この国民的腐敗を目撃した後にも支那を愛しうる者がいようか？」……このように吐露される紀行はめまいを伴うような彼自身を震撼させる体験の連続として伝わってくる。それらはその後の作品の方向性について足元を揺らがすようなものになった疑いがある。中国紀行が彼の人生おいて、心身にわたる大きなターニングポイントになってしまった。そしてこの旅行が、これまでの自分のよりどころを根底から揺るがし、決定的な発病の契機となった可能性がないだろうか？

芥川がもし文学部英文科ではなく、医学部へ、それも精神医学を専攻していたなら、現実の精神内界を知悉（ちしつ）して、古典に学ぶという袋小路に入り込むことなく、より柔軟な世界観を得て自殺せずに済んだのでは？

事実上のデビュー作が『鼻』だったというのが彼の不幸の先駆けだったような気がする。余りにもブリリアントである。続く短編『芋粥』『手巾（ハンケチ）』を読んでいると、同様に短編として完璧すぎる……上手すぎる……まるで瑕疵（かし）のない繊細・細密な美術工芸品を見る想いがする。これが生きることへの不可解さを呈示するに至る『羅生門』だったらと思う。この不条理性をこそ夏目漱石が真っ先に評価していたならば……後年芥川の本質を見抜いた夏目漱石の「牛のようになれ」と言い残した助言(7)も実効性を帯びたものになっていたように思われる。彼のその後の芸術至上主義という創作態度も変容していたかもしれない。

そして情緒纏綿（じょうちょてんめん）としながらも、社会の裏側を生きる人々までも含めた実人生への情熱的な描写およびしたたかな洞察と奥行きのある世界を構築したチェーホフ、モーパッサン……彼らに並ぶ世界に冠たる短編作家として歴史に名を残していたに違いない。だが年余にわたる発病の恐怖に耐えながら、創作意欲を自死直前ぎりぎりにまで果敢に維持し続けた芥川の鋭敏な才能は、『歯車』（昭和二年）で終結せざるを得なかった気がしないでもない……。

ところで二十六歳の良平の三倍近くの歳になったあなたは？

どうかすると、全然何の理由もないのに？　やはりその時のように、三角山を背にして発寒川沿いの薄暗い藪のある路が、未だに自分の前には細々と一すじ断続している……と言えないこともない……。

『トロッコ』のような、一瞬にして人生の断面を見透すような作品を作り上げる芥川はやはり私にとっては永遠不滅の芸術家です!!　統合失調症発病、堀辰雄など糞くらえ!!

（1）石井茂『芥川龍之介「トロッコ」の成立と原作者』『国語教育』二十八巻　一九八一
（2）『斎藤茂吉全集（二十九巻）日記』岩波書店　一九七三
（3）葛巻義敏『芥川龍之介未定稿集』岩波書店　一九六八

（4）『新潮日本文学アルバム13　芥川龍之介』新潮社　一九八三
（5）堀辰雄『芥川龍之介論―芸術家としての彼を論ず―堀辰雄全集第5巻』新潮社　一九五五
（6）芥川龍之介『上海游記・江南游記』講談社文芸文庫　二〇〇一
（7）『漱石全集第十五巻　續書簡集』岩波書店　一九六七

（二〇二三年「同誌」四十九号）

おわりに

◆日本の作家を読む――精神科医の私的体験記――公刊にあたって

後期高齢者となるにあたってふと思うことがある。若い時のあの時代は今の自分にとって一体、何だったのかと。決して過去を懐かしむというたぐいのものではない。以下、本書の執筆につき冒頭の経緯に加えてもう一つの個人的過去の叙述をお許し戴きたい。

私には医学部に入学する前、外語大の学生だった時期がある。ロシア語学科の学生だったが入学してみたは良いが語学に興味がもてず今でいう引きこもりのような学生生活を送っていた。それでも高度成長時代で一部上場企業でも、たいていの学生はどこかに入社できる良い時代だった。そのお蔭か、やっと十二度目に、浜松のさる楽器会社の採用試験に合格した。楽器販売指導員という職務で……。人事担当者の話では君には将来、東欧でピアノ販売に専念してもらうとのことだった。

ずるずると卒業の日が近づいた。ロシア語購読の時間だった。その中で突出して訳読のできない学生がいた。困り果てた指導教授がため息まじりに発した。「君！　こんな出来では卒業生としてはとても認められない。本学の恥である。どうだ、もう一、二年やり直さないか？」。むろん留年せよという意味である。「故郷では両親がせっかく決めた息子の就職を心待ちにしています。何とかお願い致します」とたまらず土下座してしまった。見かねた隣席のクラスメートが「実はこいつは郷里の医学部に再入学するつもりなのです」と合いの手を入れた。「なぜ再入学なのだ？」いぶかしげに問うその教授に「私の卒業論文はチェーホフの作品論です。北大で精神科医になり、自身が精神科医でもあった彼の文学に対する影響を追求・追体験したいと思っています」。

思わず思い付きのまま喋り抜けた。実は卒論にはチェーホフの短編が最も手っ取り早く仕上がる格好の対象だった。「面白い、そんな出身者もいても良いか……許す」「ただし本学卒業生であることを名乗ってはならない」。

その後五十年以上の歳月が過ぎた。

結局、今は鬼籍に入られたというその教授との約束は未だに果たされていない。

戻ることのない失われた時の流れをかみしめつつ、せめてものあの時の約束を別の側面からでもという償いの意味もあり、日本の文豪と作品について私的読書体験エッセイを思いついた。多少なりとも精神科医療に携わっている立場からの考察ができればという想いも加わっている。個人的な感想のみならず長年の精神科医としての視点が少しでも織り込まれることで作家と作品を読み解き、読者が味わううえでの参考になれば幸いに感じている。またこれまで縁のなかった一般の諸氏にとっての日本文学鑑賞へのガイド役にもなれば望外の喜びである。

著者プロフィール

安田 素次（やすだ もとじ）

1948年、京都市生まれ。
大阪外国語大学ロシア語学科（現大阪大学外国語学部）卒業。
北海道大学医学部卒業。
北海道大学医学部精神医学教室非常勤講師（1998～2018：自殺と精神障害）。
市立札幌病院静療院（現市立札幌病院精神医療センター）院長。
現在、江別すずらん病院院長。医学博士。
日本老年精神医学会専門医・指導医。
日本精神神経学会専門医・指導医。

日本の作家を読む 精神科医の私的体験記

2024年７月15日　初版第１刷発行

著　者　安田 素次
発行者　瓜谷 綱延
発行所　株式会社文芸社
〒160-0022　東京都新宿区新宿1－10－1
電話　03-5369-3060（代表）
03-5369-2299（販売）

印刷所　図書印刷株式会社

ISBN978-4-286-25497-5